Relaciones de interés

Jordi Galbán

© Jorge Galban Rodríguez
Relaciones de interés
ISBN Libro de papel 978-84-685-9051-6
ISBN eBook en PDF 978-84-685-9052-3
Impreso en España
Editado por Bubok Publishing S.L.
Portada: Fotografía J. Galban

"Esperanza"— *Estado de ánimo que surge cuando se presenta como alcanzable lo que se desea.*

Los personajes, nombres, apellidos, lugares y situaciones que aquí se describen, son pura ficción. Aunque en algún momento se haga referencia a alguna situación histórica o contemporánea, cualquier parecido con la realidad es pura coincidencia.

El autor

Diciembre 23 03:00:00

Silvia Trasvelez apoyó su cálida mano sobre mi zona lumbar, zarandeándome sin consideración alguna, al tiempo que me invitaba a marcharme de forma tajante, lo que le quitaba significado a la palabra invitación. El reloj digital que presidía la mesita de noche de su marido marcaba las tres de la madrugada. Le pedí que fuera misericordiosa conmigo y me dejara en brazos de Morfeo un poco más, sabiendo de antemano que sería inflexible en ese aspecto, pero me sentía en la obligación de reforzar mi dignidad, un juego al que nos aveníamos a jugar, teniendo claro desde el inicio quién iba a ganarlo.

Su marido era piloto de unas líneas aéreas de bajo coste y según lo previsto, tenía que regresar a media mañana de este día. A Silvia Trasvelez, después de una noche movida, le gustaba dormir dos o tres horas en solitario, para después dedicarse a cambiar sábanas y ordenar la casa antes de marcharse a trabajar, de manera que cuando llegara su marido, lo encontrara todo en orden.

Si yo viviera en pareja, y cada vez que llegara a casa, me encontrara las sábanas impolutas como en un hotel, probablemente me generaría algunas dudas con respecto a la actividad vivida en esa cama. En el caso de Silvia Trasvelez y su marido Marco Aurelio, que así se llamaba y tan sólo por eso ya me era antipático —no sé por qué, aunque tenía ciertas sospechas, había desarrollado una cierta fobia hacia los nombres de emperadores romanos— supe por boca de ella, que tenían una especie de pacto tácito, en cuanto a sus desahogos extra matrimoniales, dado que aunque no estaba comprobado que le fuera infiel, en la cabeza de Silvia Trasvelez siempre se extendía la sospecha de que pudiera serlo, debido a la creencia general de que un piloto de aerolíneas, al igual que los antiguos marinos, podían disponer de un amor en cada puerto. Por todo ello habían creado lo que ella llamaba —zonas de exclusión— una especie de tierra de nadie, dónde tanto ella como él no podían interferir en nada del otro, ya fuera por temas económicos, románticos o de cualquier índole, de esta manera entendían que conservaban una cierta independencia y eso les reforzaba como pareja.

Lo que me gustaba de Silvia Trasvelez, aparte de sus sinuosas curvas, era que, a pesar de codearse con las mejores familias de la ciudad, sus orígenes eran humildes al igual que los míos, tal vez por eso se fijó en mí, entre otras cosas, quiero pensar, no lo sé, el caso era que sabía discernir claramente lo esencial de lo superficial y su imagen de pija redomada tan sólo era una impostura para vivir en el nivel social en el que había decidido hacerlo.

Tuve que buscar mis calzoncillos entre las sábanas, aprovechando para acariciar su entrepierna por última vez, lo que ocasionó que me lanzara un exabrupto de despedida. Su ropa y la mía estaban mezcladas sobre un sillón de terciopelo, el cual formaba parte de un pequeño rincón de escritura existente en el dormitorio, me preguntaba cuántas veces ella o su marido, se sentaban a escribir alguna cosa en ese lugar. Era un espacio tan fuera del tiempo actual que lo hacía entrañable o cuanto menos pintoresco.

Al apartar mi ropa de la suya, no pude evitar recrearme en el tacto de los tejidos de su blusa y su falda, muy distintos entre sí, pero cálidos y agradables cada uno a su manera. Era obvio que invertía mucho dinero en prendas e imagen. En los pantis, observé que tenía una –carrera-, cabía la posibilidad de haber sido el causante de tal estropicio, dado que cuando llegué a la casa, ella estaba impecable. Estuve tentado de advertirla, pero pensé que me enviaría al infierno, así que decidí dejar la prenda en posición de manera, que el desperfecto fuera visible a simple vista.

Antes de abandonar la casa, pedí un taxi por la aplicación. La App me dijo que llegaría en veinte minutos. Lo que hizo que mi malestar creciera, al tiempo que intentaba conformarme con la situación.

El frio me golpeó sigilosamente en la cara, lo que hizo que añorara el calor que había disfrutado hasta ese momento entre las sábanas de Silvia Trasvelez. Durante la cena llovió intensamente, pero afortunadamente había cesado. Las luces navideñas y las farolas se reflejaban en los charcos que había dejado la lluvia. Podría ser una estampa bucólica, pero el frío y la soledad de las calles me producían una cierta desazón.

Agarré a pulso mi trolley de trabajo, no era cuestión de despertar a todo el vecindario con el repique de las ruedas sobre los relieves de las baldosas de la acera. En ella llevaba todos los utensilios de cocina y los condimentos necesarios para ejercer mi profesión. Así fue como conocí a Silvia Trasvelez, entre muchas otras. Después de trabajar en varios restaurantes para otros y fracasar en el mío propio, opté por ofrecer mis servicios culinarios a domicilio, en especial a la gente pudiente del lugar, que en definitiva eran los que se lo podían pagar.

La primera vez que coincidimos fue en casa de Pita Weiscome, una adorable anciana de origen libanés, esposa de un embajador norte americano, que al retirarse decidió quedarse en el país.

La anciana fue una de mis primeras clientas, gracias a ella fui ampliando mi agenda de clientes, pues era única haciendo correr las noticias con el sistema "boca-oreja" compitiendo con la aparición de las redes sociales. Tuve suerte de caerle en gracia, porque de otra manera, si ella lo hubiera querido podría haberme arruinado el negocio tranquilamente, era una mujer de mucha influencia en la ciudad.

Aquel día no tenía previsto salir de la cocina de Pita Weiscome, hasta que ella no diera por finalizada la cena. En otras casas tenía la costumbre de dejar todo preparado y marcharme antes de que llegaran los invitados, pero a Pita le gustaba tenerme cerca por si había algún problema con el menú o alguien precisaba de alguna cosa que se saliera de lo habitual. A mí no me importaba hacer esa excepción, porque la remuneración era buena y la cocina era un paraíso para un profesional, pues estaba equipada con electrodomésticos de última generación y la despensa era el sueño de todo gourmet, era la única casa donde no tenía que presentarme arrastrando mi trolley, pues disponía de todos los utensilios imaginables. Pita me hizo salir de la cocina a petición de sus invitados, todos querían conocer al artífice de aquellos platos, que a mi juicio no tenían nada de especial, pero para aquellos que no tienen una buena educación gastronómica podía parecer un manjar de dioses. La gente que no sabe cocinar o es perezosa para hacerlo se contenta con cualquier cosa.

Silvia Trasvelez estaba sentada junto a su marido Marco Aurelio, pero en aquel momento desconocía sus nombres y parentesco. Mientras todos me preguntaban por algunos de los ingredientes utilizados al tiempo que me felicitaban cortésmente por el placer experimentado con mis platos, ella se mantuvo en silencio sin dejar de escudriñarme con la mirada. Pita me rescató de la abrumadora acogida de sus invitados, disculpándome ante ellos, diciendo que debía retirarme, pues merecía el descanso del guerrero. Entonces Silvia Trasvelez, dijo si le enseñaría a hacer esos "coulants" en su casa, haciendo referencia al postre que les había servido. Hubo un silencio general provocado por el tono aterciopelado que le dio a la frase, mientras su acompañante la atravesaba con la mirada. Después de unos segundos de incertidumbre, sonreí y me despedí cortésmente de todos, indicando que Pita disponía de mí contacto, para cualquier actuación culinaria que precisaran cualquiera de los allí presentes.
Si, de eso ya hacía tres años y se había convertido en una costumbre aprovechar los viajes de larga distancia de Marco

13

Aurelio, para que ella reclamara mis servicios culinarios y de otro tipo. Alguna vez le había pedido que no me hiciera ir con la trolley, podíamos comer cualquier cosa o ir a un restaurante, pero según ella, lo que la ponía era verme trabajar el producto para crear una cosa satisfactoria a la vista y el paladar, supongo que todos tenemos nuestras rarezas.

Al llegar a la plaza de la fuente, el taxista no estaba, algo que ya intuía. Me senté en la trolley a esperar, cuando una mujer de piel negra me ofreció compañía. Al levantar la mirada recorrí su cuerpo de los pies a la cabeza, siendo obvio por la brevedad de sus prendas de vestir, que se dedicaba al oficio más antiguo del mundo. Al contemplar su rostro, pude comprobar que había recibido una buena paliza. Me pidió que le aceptara un servicio, aunque fuera poca cosa, la noche había sido muy mala y necesitaba llevar algo de dinero. Después se desmayó a mis pies en el mismo momento que llegó el taxi.

El taxista me ayudó a introducirla en el vehículo, muy a su pesar, pues insistía en que la dejáramos allí tirada y avisáramos al número de emergencias. La promesa de una buena propina hizo que colaborara sin dejar de despotricar sobre el mundo entero y su mala suerte. Le indiqué que me llevara al hospital más cercano, pero la mujer con los ojos entreabiertos imploró que no la lleváramos a un centro público, sabía que tendría que responder muchas preguntas de difícil respuesta –No estoy tal mal —dijo, mientras volvía a cerrar los ojos.

Sin reflexión alguna me vino la idea de llevarla a casa, pensé que podría recuperarse y después decidir si necesitaría los servicios de un médico. No era muy propenso a los actos de filantropía, pero debido a mis experiencias pasadas, o al bagaje negativo que arrastraba desde mi juventud, me era imposible abandonar a alguien inconsciente en mitad de la calle. Le indiqué al taxista mi dirección, pero hice que se detuviera una manzana antes de llegar al portal. Si alguno de sus chulos echaba de menos a la chica, no quería que se presentaran en mi puerta y el taxista era una buena pista a seguir, leer tanta novela negra tenía que servir de algo.

Al instante de abandonar el taxi, me arrepentí de no haberle dicho que parara delante de mi casa, obviando todas las medidas de seguridad, pues no era sencillo arrastras la trolley y sujetar a la chica para que no se desplomara.
Llegué medio deslomado a las escaleras de la casa, un viejo caserón de dos plantas heredado de mis padres, el cual precisaba una reforma urgente, y que por alguna extraña razón, se había escapado del plan de remodelación de barrios y era de las pocas casas que mantenían la imagen de sus orígenes, cuando los alrededores eran naves industriales. En los escalones de acceso me esperaba otra sorpresa, aunque al ser habitual, no sé si podría llamarse así. Era Cesar, el hermano de mi padre, un anciano ex alcohólico, del que toda la familia había renegado. A veces pienso que es el origen de mi fobia a los nombres de emperadores romanos. Algunas temporadas le dejaba vivir en casa, tal como había hecho mi

padre en vida, pero tenía un carácter tan difícil, que de vez en cuando había que sacárselo de encima sin contemplaciones. Ahora venía acompañado de una especie de perro, era parecido a un bull terrier, pero tenía las extremidades más gruesas de lo normal, sus ojos eran diminutos y el hocico a penas se distinguía de la cara.

No le pregunté qué hacía aquí, ni cuáles eran las circunstancias que le habían obligado a regresar. Lo conocía suficientemente como para saber que se habría metido en algún lío o simplemente era que no tenía donde caerse muerto. Además, si le preguntara, probablemente me mentiría y me aburriría con su discurso antisistema y de clases. Sólo me atreví a preguntarle por su acompañante. Me dijo que era "Nadie" así lo llamaba, dijo que era una historia larga, le dije que me la contaría mañana u hoy dada la hora intempestiva, pero más tarde.

Me preguntó por mi acompañante, le respondí con sus mismas palabras y no volvimos a decir nada más.

Me ayudó a entrar a la joven y a acomodarla en una de las habitaciones sobrantes de la casa. Toda la planta superior se componía de cuatro habitaciones y un par de baños. Le dije a Cesar que se acostara, le hice unas pequeñas curas a la joven, la abrigué y me dejé caer en mi cama deseando que el sol tardara en salir, la mañana siguiente iba a estar repleta de novedades.

Pensé en Silvia Trasvelez, si no hubiera sido tan estricta y me hubiera dejado quedar en su cama hasta el amanecer, no hubiera coincidido con la joven prostituta y probablemente mi tío Cesar se hubiera cansado de esperar. Es lo que tiene el azar o la suerte, ambos te llevan a situaciones impensadas o imprevistas, por más que intentes prepararte para lo venidero, siempre surge algo en lo que no habías pensado o ni siquiera imaginado. La propia palabra —suerte— se me antojaba antipática, desde que descubrí en mi tierna infancia, en un juego de sobremesa, que la tarjeta a descubrir con ese nombre, podía ser algo beneficioso o perjudicial indistintamente. Desde aquel día, tome precauciones antes de utilizar la palabra —suerte— pues se me antojaba engañosa, dado que casi siempre se utilizaba como algo positivo, cuando realmente podía esconder la peor de las situaciones.

Escuché unos pequeños pasos en el viejo parquet, supuse que era el perro que había traído Cesar. No me sentía con fuerza para ir detrás de él y decirle que se estuviera quieto en algún sitio, confié en que no hiciera sus necesidades en cualquier lugar.

Me desperté con la sensación de no haber dormido nada y deseando que los últimos acontecimientos de la madrugada sólo hubieran sido un mal sueño y en consecuencia la casa estuviera vacía y silenciosa como era habitual, tal como me gustaba casi siempre, pero inmediatamente fui consciente que sólo se cumplía la segunda condición de mis deseos, porque allí seguían los tres personajes, durmiendo a pierna suelta, como si no les esperara un futuro incierto.

Pensando en mi futuro, recordé que mañana era Noche Buena y tenía el compromiso de preparar la cena en casa de Pita Weiscome, desde la muerte de su marido había recuperado las festividades navideñas de sus orígenes, olvidándose del día de acción de gracias y adaptándose a las fiestas del lugar. Una cena para veinte personas —dijo que quería un ambiente reducido, modesto y con platos ligeros, sin artificios, que estaba harta de los grandes eventos. A mí me pareció un exceso, hubiera preferido una cena para seis, pero no la contradije por la cuenta que me traía.

También recordé que Silvia Trasvelez me dijo que ya no nos veríamos hasta pasadas las fiestas navideñas, porque Marco Aurelio su marido, se cogía unos días de vacaciones.

En aquel momento pensé que mis navidades serían un poco más tristes de lo habitual dado que al no relacionarme demasiado con mis hermanos y sus hijos, hacia algunos años que había dejado de celebrar la navidad, cocinar para los demás siempre había sido una buena excusa para evitar las cenas familiares, las cuales no eran santo de mí devoción. Lo único que me subía la moral, eran los encuentros con Silvia Trasvelez, porque aunque había otras, no era lo mismo, ella era lo más parecido a tener familia cercana o como poco una pareja de hecho.

De repente el silencio se rompió. El tío Cesar empezó a despotricar, salió corriendo hacia el baño y empezó una serenata de ruidos irrepetibles, el perro corrió detrás de él y se quedó plantado en la puerta del baño esperando a que saliera.

La joven salió de la habitación sollozando, mientras miraba su smartphone. Me lo alcanzó para que viera que tenía cincuenta y tres llamadas y un sin fin de mensajes en su app de mensajería, al tiempo que llamaban a la puerta insistentemente.

Instintivamente me puse el teléfono de la joven en el bolsillo. Pregunté quién era sin abrir la puerta.

—Disculpe, pero es que estoy buscando a alguien.

—Es un poco genérico eso de "alguien" —dije con cierta sorna.

—¿Puede abrir la puerta?

—Lo siento, pero es que ha habido muchos robos en el barrio. Espere un momento.

Puse la cadena de seguridad y entreabrí la puerta, asomé mi cara entre la apertura y vi a un hombre bien vestido, pero sin ninguna clase, un tipo corriente, en otras circunstancias no le hubiera prestado atención, quizás lo único destacable es que era de esos tipos que seguían usando brillantina o fijador, algo que se me antojaba anacrónico en estos tiempos.

Me dijo que estaba buscando a su sobrina, que no sabían nada de ella desde la noche anterior y que el localizador de su móvil indicaba que estaba en la casa. Me imagino que vio mi cara de escepticismo cuando dijo que buscaba a su "sobrina", así que decidió argumentar esa afirmación, diciendo que era la hija de su hermana pequeña la cual se había casado con un senegalés. Lo que me pareció demasiadas explicaciones para un primer encuentro y supuse que quiso ver si yo ya sabía que la chica en cuestión era de raza negra y en consecuencia era factible que estuviera en la casa.

Por un momento me sentí atrapado, pero reaccioné sacando el smartphone de la chica del bolsillo.

—¡Ah! Es eso… justamente hoy iba a poner un aviso en las redes. He visto que había muchas llamadas, pero como no tenía la clave de acceso… pues eso…el teléfono lo encontré ayer por la noche en la plaza de la fuente. Siempre que pierdes el teléfono es un problema. —Así que su sobrina es de raza negra —dije como si fuera una sorpresa. —Espero que la encuentre pronto y que esté bien.
—Si, gracias, de hecho, es más bien mulata, ha sacado algo de su madre.

Dijo sin demasiada convicción intentando alargar la mirada hacia el interior de la casa, como si intuyera que le estaba mintiendo, al tiempo que golpea nerviosamente el smartphone que le había dado sobre la palma de su otra mano.

Intuí que no se marchó convencido y que no tardaría en volver y probablemente seguiría acechando por la zona. Cerré la puerta a cal y canto y al girarme me encontré con la joven en cuestión.

—Por qué no le has dicho que estoy aquí, cuando me encuentre será peor.
—Pensé que no querrías ni verlo, ayer te dio una buena paliza.
—Son gajes del oficio, tengo que volver, tu no lo entiendes.
—Podríamos avisar a la policía, seguro que te buscarían una salida a esto que haces.
—Tu no sabes nada, es mejor que no te entrometas. Déjame en paz.
—Parecía que necesitabas ayuda.
—Sólo te ofrecí un servicio, nada más.
—Creo que no estabas para muchos servicios. En fin, ahí está la puerta, si corres un poco aún lo alcanzarás.

—*Las malas acciones, aunque toda la tierra las oculte, se descubren al fin a la vista humana.*

Soltó de repente mi tío Cesar, muy propenso a recitar a Shakespeare. No me molesté en discernir a quién se refería con esa frase sacada de Hamlet, si a la chica, a su chulo o a mí que tan solo había querido ayudar.

—Niñita, no puedes volver con esos desgraciados. Eres joven y tienes una vida por delante. Aquí tienes una casa el tiempo que te haga falta y mi sobrino te ayudará en lo que necesites —dijo Cesar, sin contar si yo estaba de acuerdo o no.

—Gracias abuelo, pero no es tan fácil, tengo compromisos, mis padres dependen de lo que yo les envío.

—Creo que una decisión de este tipo no se puede tomar a la ligera, hay muchos factores a tener en cuenta —dije al ver que mi tío y la joven empezaban a congeniar y corría el riesgo de que se alinearan en contra mía.

—Hasta el menú más sencillo, necesita de una planificación, ver los pros y los contras, y saber si los productos que lo componen están al alcance de cualquiera y cocinarlos con el mismo mimo que cocinarías un gran manjar. Lo único que digo es que valoremos la situación y las alternativas, sin precipitarnos.

Nos quedamos todos en pie sin decir nada, durante unos instantes hubo un silencio sepulcral, mi madre hubiera dicho que había pasado un ángel. Hasta me extrañó que Cesar no dijera nada. Le pregunté a la joven por su nombre, dijo llamarse Aminata, pero que le llamaban Ami, después le sugerí que se abrigara un poco más, indicándole que en la habitación donde había dormido, encontraría algo de ropa que antiguas parejas mías habían abandonado en el momento de su partida. A mi tío Cesar, le aconsejé que se vistiera y sacara al perro a hacer sus necesidades que probablemente estaba muy necesitado desde la noche anterior.

Para ser fechas navideñas, no hacía mucho frío, pero se esperaban cambios y alguna probable nevada, me dio por ponerme varias capas de ropa, mi sentido práctico me decía que si el chulo de Ami o alguno de sus secuaces le daba por darme una paliza, de alguna manera amortiguaría los golpes. Así era yo, siempre proyectando los posibles escenarios de mi vida futura, intentando dejar sin espacio de maniobra a los efectos del azar o la suerte. Quizás por eso era muy propenso a sufrir esa sensación conocida como —déjà vu— porque cuando me sucedía algo, ya lo había escenificado en mi cabeza, de manera que cuando sucedía ya no era nuevo para mí, por esta misma razón, Miriam, mi primera mujer, siempre decía que tenía tendencia a sufrir por cosas que todavía no habían sucedido y no le faltaba razón, aunque la palabra sufrir tal vez fuera extremo y personalmente lo describiría como una preocupación excesiva e innecesaria.

Me dispuse a preparar café y unos bocadillos. Encendí la radio, tenía el hábito de escucharla mientras cocinaba, aunque el locutor de la mañana no era santo de mí devoción, demasiado complaciente con los poderes reinantes. Mi tío Cesar diría que tanto este locutor, como el resto de las emisoras sólo eran voceros de sus amos, cada uno a lo suyo, intentando convencer a los convencidos. Cesar siempre tenía una queja a punto para ir contra el sistema. A pcsar de su avanzada edad, conservaba vestigios de su juventud revolucionaria, mi padre decía que era el defensor de las causas perdidas, quiso comerse al sistema y el sistema se lo comió a él. Nunca formó una familia, ni tuvo un trabajo estable, decía que era la manera de no doblegarse ante los poderosos que nos querían controlados y mansos, pero la realidad era que en el fondo era incapaz de comprometerse con nada y con nadie, o al menos eso era lo que decía mi padre de él. Aún con todo, mi padre siempre le dio cobijo cuando lo necesitó, algo que me dejó en herencia además de una tercera parte de la casa, lo que me supuso tener que pagarles a mis dos hermanos la parte correspondiente de cada uno de ellos, aunque no tuvieran ningún interés en mantenerla.

Apareció en la puerta de la cocina la joven Ami, como si el aroma del café y las tostadas hubieran sido un reclamo. Vestía unos vaqueros que le iban un poco holgados —Su propietaria tenía mejores caderas— y un jersey de licra azul que realzaba sus pechos. Recordé que esas prendas eran de una niña bien, que me tuvo unos meses en vilo, diciéndome que era el amor de su vida, hasta que sus padres le regalaron una vuelta al mundo, que nunca supe si fue para alejarla de mí o para tenerla lejos de ellos. El caso era que a la joven Ami le sentaba bastante bien esa ropa, al margen de tener la cara magullada.

—Quiero ser honesta contigo, cuando haya desayunado me marcharé, no quiero ser un problema. —dijo Ami tan sólo entrar en la cocina.

—*Puede acaso, tener la hermosura mejor compañera que la honestidad* —dijo mi tío Cesar, entrando en ese momento y utilizando algún otro párrafo de su Shakespeare querido.

—Quédate hoy aquí y descansa. Mañana estarás en mejores condiciones de tomar una decisión —dije, mientras ella me quitaba el cuchillo de las manos y se puso a cortar fruta con una gran destreza.

—*Ah! El mañana y el mañana y el mañana, avanza en pequeños pasos, de día en día, hasta la última sílaba del tiempo recordable.*

—Cesar! Puedes olvidarte de Macbeth por un instante y dejarte de tragedias. Ya tenemos bastante con los que buscan a Ami.

—Un poco de cultura no hace daño a nadie. Por cierto, sobrino, hablando de tragedias. Tengo que hablar contigo de algo de suma importancia.

Esta última frase de Cesar, me inquietó tanto o más que los últimos acontecimientos. Porque tenía la virtud de meterse en líos inexplicables. Mi padre, que había sido funcionario en los juzgados centrales y había cosechado multitud de relaciones de interés, como él las llamaba, le había sacado de unos cuantos, pero yo, aunque mantenía alguno de esos contactos, más los míos propios de mis actividades, siempre me había mostrado reacio a solicitar favores, de alguna manera me preservaba de no deberle nada a nadie.

Le dije a la joven Ami que continuara desayunando mientras Cesar y yo nos trasladamos a otras dependencias de la casa, intuía que no me iba a gustar lo que me tenía que contar mi tío. El perro nos siguió por toda la casa, como si no nos quisiera perder de vista, cuanto más lo miraba más extraño me parecía.

—Estoy en un buen lío, sobrino.

—Conociéndote, me da miedo preguntar, pero aquí estamos, ¿Qué te pasa?

—Verás, he generado una deuda importante con un tipo que no es muy de fiar. Una deuda que nunca seré capaz de devolver, él lo sabe y yo lo sé. Así que el tipo dice que le pertenezco y que tengo que hacer todo lo que me pida. Al principio me pareció que era cachondeo, pero la cosa ha ido a más y se ha puesto muy peligrosa. Ayer me dijo que sacara a su perro a pasear, Nadie es su perro, y ya no he vuelto. Supongo que nos estarán buscando.

—¿Cuánto le debes?

—75.000

—75.000?, ¿De apuestas?... ¿75.000 en apuestas?

—Si, si

—Cesar, creo que has tocado fondo. Esos tipos, ¿Saben de nuestro parentesco? ¿Puede que se presenten aquí?

—No, nunca voy por ahí presumiendo de tener un sobrino tonto, que me da cobijo cuando lo necesito.

—¡Gracias! Muy amable. ¿Puede que el perro tenga un chip? … ¿o un localizador?. En la esquina hay una veterinaria que me conoce. Ves cagando leches y si tiene un chip, ya se lo puede sacar o coge este puto perro y vete ya de aquí. Te tenía por alguien sabio.

—¿Quién puede ser al mismo tiempo sabio e idiota?... templado y furioso ... leal e indiferente. Nadie.

—Déjate de soliloquios y haz lo que te he dicho.

Nunca había visto esa expresión temerosa en la cara de mi tío, tampoco estaba acostumbrado a verlo tan obediente. Me gustaría pensar que era debido al nivel de enfado que había detectado en mi lenguaje mal sonante, pero probablemente era que sabía que se estaba jugando la vida con la gente con la que se había mezclado.

Setenta y cinco mil me parecía una cantidad excesiva. No entendía cómo Cesar podía haberse entrampado hasta esa cantidad. Alguien que estaba habituado a vivir con poca cosa y con la experiencia suficiente para no mezclarse con cierto tipo de personajes que sólo con verlos ya sabías que te iban a complicar la vida.

En mis inicios empresariales en el mundo de la restauración tuve que bregar con muchos individuos de diferente calaña. Personajes turbios que siempre ofrecían muchas ventajas para la financiación de cualquier cosa, locales, género, alimentación, licores, incluso ventajas fiscales o facilidades para acortar la burocracia reinante. Pero en el fondo sabía que esa era la manera de condenarse de por vida. Deberles algo a esos facilitadores, era como venderle tu alma al diablo. Una vez que caías es sus garras, ya no te soltaban en toda tu vida, mientras pudieran exprimirte.

Estaba en disposición de pagar su deuda, los últimos años no me habían ido mal y no tenía deudas, ni hipotecas que saldar, aunque no me hacía ninguna gracia llenar los bolsillos de unos desalmados con parte de mis ahorros. Pero saldar la cuenta de Cesar, sería ponérselo demasiado fácil. No me garantizaba que al día siguiente no se repitiera la situación, con el agravante de que los individuos que habían llevado a Cesar a esa situación, sabrían que detrás de él habría alguien que podía solventar sus deudas y entonces irían a por ese alguien, que en este caso era yo. Así que inicialmente descarté la idea de decirle nada a mi tío sobre asumir la deuda. Aunque en realidad no sabía cómo se iba a salir de este embrollo, si no podía pagar.

Pensé en mi padre, qué haría en una situación como ésta. Era probable que Cesar ya le hubiera puesto en alguna situación similar, aunque mi padre nunca fue sobrado de dinero. Quizás tiraría de sus contactos en los juzgados o simplemente se desentendiera de algunos de los muchos líos que siempre arrastraba, eran tantos que obviamente no podía estar en todos, de hecho, había largas temporadas en que el tío Cesar no aparecía por casa, probablemente porque mi padre lo habría echado o simplemente porque Cesar no había podido conseguir nada de él.

Una llamada entrante me sacó de mis pensamientos. Era Lidia, la veterinaria a la que había enviado a Cesar con el maldito perro. Dijo que sólo llevaba un chip identificativo, pero ningún dispositivo de rastreo. Me preguntó si quería que se lo quitara, pero no lo vi necesario. Luego se despidió diciendo que le debía una cena.

A Lidia la conocí cuando todavía estaba casado con Emmy mi segunda esposa. Tuvimos que llevarle un gato que encontramos mal herido en las escaleras de casa y Emmy se empeñó en adoptar. En aquel momento, ya habíamos decidido dejar lo nuestro. No le puso paños calientes a la situación, dijo que había conocido a un funcionario de alto rango y que se había enamorado locamente. Difícilmente podía competir con aquel frenesí que me dibujaba, así que nos separamos sin acritud y quedamos tan amigos, de hecho, en alguna ocasión voy a cocinar a sus casa para alguna cena de compromiso de Francisco Javier, que así se llamaba el funcionario en cuestión, un tipo bien instalado en las altas esferas y con un semblante al estilo Gran Gatsby, incluso en alguna ocasión hemos ido a jugar al pádel, el único sitio donde en ocasiones puedo estar por encima de él, bueno, la pista de pádel y la cocina obviamente, no me extrañaba que Emmy se hubiera enamorado de él, si yo fuera mujer probablemente también lo haría.

Tras aquello, Lidia fue un consuelo durante algún tiempo, pero no estaba interesada en relaciones estables, ella también había padecido lo suyo con relaciones anteriores, hasta el punto de que había decidido dedicarse a las de su propio sexo, así que convinimos en mantener solamente una estrecha amistad.

LA SEÑORA DICE QUE SERÁN VEINTICINCO PERSONAS. LE ESPERA ESTA MAÑANA PARA HABLAR DE LOS DETALLES.

JOSS

En aquel momento recibí un mensaje de Joss, una especie de secretario o mayordomo a la vieja usanza, que estaba al servicio de la anciana Pita Weiscome. Le tenía dicho que no escribiera con letras mayúsculas, porque hacía el efecto de que estuviera gritando según las normas de la mensajería digital, y tampoco era necesario que firmara con su nombre los mensajes. Pero era difícil cambiarle los hábitos a alguien que se aproximaba en edad a la persona que servía.

Cambié mis varias capas de vestimenta de protección personal por una más convencional, para visitar a la anciana Pita

Weiscome. Era una persona que se fijaba mucho en la imagen y maneras de los que tenía a su alrededor, decía que era degeneración profesional, la cual había desarrollado a lo largo de los años acompañando a su marido por las diferentes embajadas de todo el mundo. Le gustaba presumir de su eficacia a la hora de catalogar a alguien a primera vista, para después, una vez teniendo más datos del sujeto en cuestión, presumir de haber acertado en un noventa por ciento de su primera descripción del perfil del individuo. Dijo que conmigo se equivocó totalmente, pues inicialmente me catalogó como un profesional de la cocina, abnegado en su trabajo, padre de familia, con tres o cuatro hijos y con poco carácter, por no decir pusilánime. Con el tiempo y el intercambio de conocimientos, descubrió que realmente era un profesional de la cocina, pero nada abnegado y difícil de dirigir en esa actividad, que había fracasado en dos matrimonios y no tenía ningún hijo que yo supiera y en cuanto a mi carácter, distaba mucho de ser un pusilánime, algo que solían confundir por mi tendencia a no entrar en disputas sin sentido que no conducían a nada. Hacía mucho tiempo que había desistido de convencer a nadie de nada. Había evolucionado mucho desde mis años jóvenes, en los que me peleaba con todo el que me llevara la contraria hasta el punto de llegar a las manos. No recuerdo cuál fue el momento de inflexión que me llevó a ese cambio, creo que fue algo progresivo, como si fuera perdiendo fuerzas por el camino para discutir con nadie. Sentía en mi interior una vocecita que

31

me decía —No merece la pena— Después tomé como ejemplo al príncipe Myshkin, protagonista de la obra de Dostoyevski "El Idiota", empeñado en tratar exclusivamente con gente buena, algo que ya sabía sobradamente que en los tiempos que corren era del todo imposible. Aún con todo, siempre hago lo posible para que así sea.

Dejé a mis nuevos inquilinos en casa, con las instrucciones de no abrir la puerta a nadie, por la cuenta que les traía. Les dije a ambos que se podían entretener leyendo alguno de los libros de novela negra que habían en la estantería, para mí era una colección muy apreciada, aunque bien pensado no sabía si era lo más idóneo teniendo en cuenta la situación. Salí de la casa mirando hacia todas partes, con la intranquilidad de que hubiera alguien rondando por los temas de ambos. Cogí un taxi en la esquina y me dirigí a casa de Pita Weiscome, con la intención de no entretenerme mucho dadas las circunstancias. La vivienda está en la zona alta de la ciudad, el taxi siempre me cuesta un dineral, pero no me preocupa porque lo incluyo en la facturación de los servicios. Pensando en los servicios, seguro que la anciana tenía un sinfín de propuestas de lo más estrambóticas, y me tocaba a mi quitárselas de la cabeza, para simplificar al máximo una cena que se había incrementado en demasiados comensales para mi gusto.

Durante el trayecto contemplo el tráfico y la gente transitando con prisas, la víspera de Noche Buena todo el mundo tiene alguna tarea que finalizar antes de que den la salida a las fiestas navideñas que en ocasiones se hacen interminables. De alguna manera, agradezco haber abrazado la profesión de cocinero, aunque en estas fechas se trabaja mucho, siempre era una buena excusa para evitar las reuniones familiares. Me pregunto si los que extorsionan a mi tío o los que prostituyen a la joven Ami tienen familia y en estas fechas, se toman un respiro para compartir mesa con los suyos, como si fueran gente respetable y no hubieran roto un plato en su vida, o simplemente mientras la gente honrada sigue sus rituales, los malvados siguen haciendo de las suyas, indistintamente de que sean fechas emblemáticas. Se me ocurre, que en el fondo, la gente honrada que sigue su rituales, es la misma que alimenta el negocio de las apuestas y la prostitución. Sin ellos no habría negocio, igual que el de las drogas y el alcohol, si los ciudadanos de a pie no consumieran, se acabarían ambos, pero como el ser humano es así, no hay vuelta de hoja. Unos quieren enriquecerse rápidamente y los que contribuyen a ello, no les importa destrozarse la vida o morir por un instante de placer, que a veces ni lo es.

Llego a la casa de Pita Weiscome, un caserón a los cuatro vientos, con sistema de vigilancia y guardas de seguridad. Quien tuvo retuvo —pienso— es como si conservaran los hábitos de embajada o quizás era que la anciana Pita tenía muchas cosas de valor que proteger además de su vida o tal vez tema represalias a consecuencia de sus actos durante su vida política, tal vez tenga esqueletos en los armarios como dicen los ingleses, refiriéndose a secretos inconfesables. Aunque bien pensado, ¿quién no los tiene?

Paso el control correspondiente y me acompañan a lo largo del jardín hasta llegar a la entrada principal de la casa. Algo poco habitual, pues lo normal sería entrar por la puerta de servicio que da a la cocina.

En la entrada me espera Joss, el mayordomo, le daría la mano, pero es tan solemne que me saluda con una ligera inclinación de cabeza. A pesar de codearme con la jet del lugar, no me habitúo a este tipo de comportamiento ceremonial que mantienen los adinerados con sus empleados.

Aparece la anciana Pita Weiscome, cuya edad le permite desinhibirse de toda etiqueta y sujetando mis dos manos, las aprisiona hacia su pechera en un alarde de cariño desmesurado, soltándolas luego para estrujar mis mejillas con sus huesudas manos mientras expresa la alegría de verme.

Intento responder a su efusivo saludo con unas palabras amables, pero a penas me deja hablar, me arrastra a lo largo de la casa, mientras Joss desaparece de escena.

Llegamos a una sala totalmente desamueblada muy próxima a la cocina, por sus grandes ventanales y su techo semi acristalado podría hacer las veces de invernadero. En la parte más interior hay una gran chimenea.

—Verás Bibi, he pensado poner el comedor para la cena en esta sala, muy cerca de la cocina, para que los platos lleguen recién salidos del fuego. ¿Qué te parece?

A Pita le gustaba llamarme por mis iniciales, algo muy americano a pesar de sus orígenes, supongo que tantos años con el embajador pesaban de alguna manera, de hecho, nunca le había preguntado de dónde provenía el nombre Pita, pero en cualquier caso tampoco me quitaba el sueño. Pensé que para los que tenían que servir la cena sería beneficioso no hacer tantos paseíllos.

—Me parece un espacio maravilloso— dije— tal vez con demasiado entusiasmo a riesgo que pareciera que me estaba burlando.

—Pues hecho, vamos a ver la despensa y dime si necesitas algo para que mañana lo traigan al momento.

Mientras revisábamos la cámara frigorífica, la cual estaba a rebosar de productos frescos de toda índole, salvo marisco y pescado que Pita comento que llegaría en el día, directamente de la lonja, me empezó a contar que a la cena asistiría una persona muy importante de la cual no podía decirme nada más, pero era del todo imprescindible que quedara contenta con la cena. Le dije que por eso no se preocupara, que aunque viniera el propio Papa de Roma, quedaría satisfecho. Despúes como para quitarle hierro al asunto, me dijo que también estaría Silvia Trasvelez con su marido. No pudo evitar poner esa mirada de jovencita traviesa mientras se le escapaba una sonrisa muy sutil por la comisura de sus labios. Por un lado, me alegró pensar que volvería a ver a Silvia Trasvelez antes de lo previsto, aunque la presencia de su marido haría que ese encuentro no fuera todo lo satisfactorio que desearía. En cualquier caso, sabía que tenía que concentrarme en mis tareas culinarias y tampoco tendría demasiado tiempo para nada más.

—Al margen de lo que tengas pensado, me gustaría que hicieras tabbouleh y unos fatayer.

—Creo que ese invitado es muy especial —dije— devolviéndole a Pita esa mirada picarona y una sonrisa maliciosa.

—No te pases de listo. Haz lo que tengas que hacer y que no falte de nada. Ya sabes que prefiero que sobre que no que falte. Aquí tienes una lista de alergias e intolerancias de los invitados, además hay un par de vegetarianos y un vegano.

Echaba de menos los tiempos en los que todo el mundo comía de todo y era agradecido con lo que le ponían en la mesa, sin pensar en intolerancias y elecciones intelectuales alimentarias. También me vino a la memoria una frase que decía mi abuela cuando veía la comida que se desperdiciaba —Una guerra debería pasar esa gente— aunque era algo extremo, no le faltaba razón. En las zonas de conflicto actuales, nadie se podía permitir ser intolerante a nada, ni se hace vegetariano o vegano, bastante tienen con llevarse algo a la boca al finalizar el día.

—Bien, haré un poco de todo, para todos los gustos y que cada uno elija lo que quiera, documentaremos todos los platos para que no haya equívocos, mañana vendremos pronto, hay mucho trabajo, el incremento de comensales ha complicado la cosa.

—¿Vendremos? —preguntó la anciana al escuchar el plural.

—Si, necesitaré un pinche para tanto trabajo. Justamente ayer contraté a una —le dije— pensando en la joven Ami, teniendo en cuenta que estaría en un lugar seguro y a mí me podría ayudar.

—¿Quién es esa pinche, no será una de tus líos, no quiero cosas raras en mi casa.

—No te preocupes, es una jovencita muy profesional, no tenemos nada en común, salvo el amor por la cocina.

—Bueno, tú sabrás, te pagaré lo mismo que tenía previsto.

—Por eso no te preocupes.

—Pásale lo datos a Joss, quiero que la tengan identificada en el acceso.

—No hay problema.

Me despedí de la anciana Pita y durante el camino de regreso fui pensando que tal vez me había precipitado en anunciar que vendría con la joven Ami. Era probable que no tuviera ningún deseo de colaborar conmigo y su máximo interés estuviera depositado en volver a su actividad, dado que probablemente sería más productiva desde el punto de vista económico.

Una llamada de Francisco Javier, la pareja actual de mi segunda exmujer, hizo que esa preocupación pasara a un segundo plano. En un primer momento pensé que llamaba para invitarme a echar una partida al pádel, aunque no eran las mejores fechas, también pensé en la probabilidad que precisara de mis servicios culinarios, aunque ya se podía imaginar que no tendría ni horas, ni fechas para poder atenderle, por muy pesada que se pusiera Emmy.

—¡Escoffier! Tengo que verte urgentemente.

Escoffier, era como me llamaba jocosamente Francisco Javier. Su educación francesa le hacía conocedor del cocinero que modernizó la cocina en Francia entre otras muchas cosas, siendo el primer cocinero que recibió el título de Caballero de la Legión de Honor. Desde que nos conocimos empezó a llamarme así después de probar uno de mis platos y así ha seguido hasta fecha. Yo me limitaba a llamarle Fran, porque lo de Francisco Javier me parecía muy tedioso, me pasaba un poco como con los nombres de emperadores romanos. A Emmy le encantaba llamarle por su nombre completo, hasta se recreaba en cada silaba, como si tan sólo la pronunciación del nombre revistiera de glamur o sofisticación al personaje.

—¡Hola Fran!, ¿qué hay de nuevo?

—Tengo que verte ahora mismo, es un tema importante.

—Fran, estoy muy liado, ahora voy para mi casa, tengo varios temas y mañana tengo un servicio importante.

—¡Escoffier!, sabes que nunca te pido nada, es un tema serio.

—Me estas asustando, ¿le ha pasado algo a Emmy?

—No, no tiene nada que ver. Te espero en el bar de enfrente del pádel, donde vamos siempre.

—Bien, tardo quince minutos.

Le indiqué al taxista el nuevo destino, algo que no le hizo mucha gracia, dado que acortaba el trayecto original. Durante esos quince minutos, intenté poner en práctica mi sistema de adelantarme a los acontecimientos para salvaguardarme de lo que me deparaba el encuentro con Francisco Javier, pero al haber descartado cualquier posibilidad de que Emmy estuviera involucrada, se me hacía imposible llegar a una conclusión de lo que podía menester de mí Francisco Javier, una vez descartado el pádel, la comida o la propia Emmy. Algo que me producía una desazón que se venía a incrementar a la ya existente por los últimos acontecimientos de mi tío y la joven Ami.

Al llegar al destino, el taxista se ofreció a esperarme, se lo agradecí, pero le dije que no sería necesario, no sabía lo que iba tardar. Al entrar en la cafetería, después de un barrido visual, detecté a Francisco Javier en una mesa más o menos aislada de la sala. Era el más elegante del lugar, me dio por pensar en cómo se vestiría en su cena de Noche Buena, quizás utilizaría esmoquin, pues a mi criterio, ya no se podía ir más elegante que como iba. A su lado había otro tipo trajeado, pero nada glamuroso, de alguna manera me recordaba al tipo que había pasado por casa buscando a Ami. Algunas personas creen que llevando traje ya van elegantes o vestidos adecuadamente, pero nada más lejos de la realidad, —la prestancia está en la persona, no en la ropa— decía mi padre.

Después de las presentaciones de rigor, convinimos que, al acompañante de Francisco Javier, le llamaríamos Mr. Smith, lo que me pareció una fantochada, yo les dije que podían llamarme —Escoffier— un poco por seguir la broma, aunque pronto se me pasarían las ganas de reír.

—Verás, Escoffier, es un tema delicado. El señor Mr. Smith —dijo Francisco Javier como no sabiendo como empezar.

—Si le llamas Mr. Smith no digas "el señor". —le apunté.

—Si, bueno, es un poco lioso. Bueno, Mr. Smith es asesor de diferentes agencias, que a su vez colaboran con estamentos oficiales que dependen a su vez de diferentes delegaciones de diferentes gobiernos que a su vez colaboran entre sí, para supervisar digamos el buen funcionamiento de las cosas a nivel internacional.

—Me estás diciendo que es un espía, un agente de la CIA o Interpol o algo así —pregunté todavía en un tono jocoso.

—No, no, dicho así parece muy fuerte. Hay diferentes sistemas de control de las cosas y no se puede reducir todo al espionaje, es más complejo y normal de lo que parece.

—Déjame que se lo explique yo, —dijo Mr. Smith, llevándose la taza de café a la boca.

Mientras se arrancaba a hablar, empecé a fijarme en su aspecto, que hasta ese momento me había parecido de lo más normal, pero en ese instante vi en sus ojos vidriosos algo que no me dio confianza. Su manera de juntar los labios me pareció desagradable y los pómulos le sobresalían en exceso para una cara tan estrecha. No era delgado, ni grueso, era como mullido o blando, algo que ya había notado al estrecharle mano, daba bastante grima.

—Verá Sr. Escoffier, —dijo, como si le hiciera gracia utilizar el nombre de ese gran cocinero— el trabajo que realizamos no se puede considerar espionaje. Antes de eso hay un sinfín de tareas que todos los Estados del mundo tienen la obligación de hacer, para garantizar la seguridad de sus ciudadanos y para poder colaborar en la resolución de conflictos si es el caso. ¿Conoce la gráfica de la eficiencia energética que se aplica a electrodomésticos y electrónica en general que mide de la A, a la G? en función de sus prestaciones y consumo. Bueno, pues si el espionaje es la A, nosotros somos la G, el nivel más bajo. Digamos que sólo hacemos seguimiento de posibles cosas que puedan afectar en un futuro. Observamos posibles objetivos, recopilamos información, ponemos orden a los datos y los enviamos a otro nivel. A la F o a la E, incluso a la D, pero en cualquier caso, nunca intervenimos, ni nos involucramos en aquello que nos han ordenado observar.

—Un trabajo muy interesante —dije por decir algo— pero supongo que el tono despectivo que me salió no fue del agrado de Mr. Smith. Pude intuir por dónde iban los tiros, pero adopte mi perfil más ingenuo para que Fran o el propio Mr. Smith dijeran con sus palabras, lo que querían exactamente de mí.

—¿Para qué me necesitáis? …sólo sé cocinar y a ti Fran ganarte al pádel.

—Verá Sr. Escoffier, —volvió a decir Mr. Smith en un tono condescendiente y jocoso— sabemos de su amistad con Pita Weiscome. A pesar de su edad, es una mujer muy bien situada y muy influyente a nivel internacional, proviene de una dinastía de gente influyente en su país, un país muy complicado, a parte del prestigio que se ganó mientras acompañaba a su marido en diferentes embajadas de todo el mundo. Sabemos que cocina a menudo para ella, y sabemos que esta Noche Buena tiene una cena especial. Especial porque a última hora, se ha añadido un invitado especial.

—¿Qué tiene de especial? —pregunté, a pesar de que no tenía ningún interés en lo que me estaba contando.

Escoffier…Escoffier, ¿puedo tutearte? —preguntó Mr. Smith sin esperar respuesta— antes de continuar debo pedirte si podemos contar con tu máxima discreción en cuanto a todo esto que nos ocupa.

—No tengo ningún interés en ir propagando por ahí nada de lo que me estáis contando. En definitiva creo que la gente vive más tranquila sin pensar que estamos todo el día vigilados, ya sea por agencias de dudosa actividad o por las múltiples aplicaciones que nos bajamos ingenuamente en nuestros smartphone.

—Ya veo que estás en contra de las nuevas tecnologías.

—Al contrario, estoy encantando, sólo que el precio a pagar por tener tantas facilidades quizás es algo elevado, añoro la privacidad.

—Bueno, volvamos a lo que nos ocupa. El invitado de Pita Weiscome, es un viejo amigo, que en su tiempo, a finales de los ochenta del siglo pasado, estuvo involucrado de alguna manera en los acuerdos de paz de Taif, cuando la guerra civil en el Líbano —te lo digo a título informativo por si no lo tienes presente— A pesar de su avanzada edad, se le ha visto muy activo últimamente, y no es necesario que te cuente cuál es la situación en el Líbano y la Franja de Gaza, dónde hay lo líos de siempre por resumir la situación. Lo único que queremos de ti, es que nos ayudes a poder recopilar información aprovechando tu presencia allí.

—No voy a traicionar la confianza de Pita, y no es por miedo a perderla como cliente. Simplemente no quiero, no va con mi forma de ser, ni tengo interés en contribuir a cosas que no me conciernen en absoluto. Lo que empezó como una relación contractual ha acabado siendo una buena amistad. No voy a traicionarla . Seguid a su invitado en su casa o donde se aloje, seguro que tenéis otras alternativas. No creo que durante una cena de Noche Buena se propague mucha información de interés y mucho menos entre dos viejos amigos y cuando digo viejos, quiero decir "viejos".

—Ah! …Escoffier…Escoffier, ni te imaginas las tramas que se han organizado a lo largo de la historia en comidas familiares, aparentemente inocuas que han acabado con gobiernos o han resultado el inicio de una guerra o han dado un giro al equilibro político mundial. Te sorprenderías si entráramos en detalles. El invitado del que estamos hablando, no tiene una base fija, se nos hace difícil prever sus movimientos, ésta es de las primeras veces que sabemos dónde va estar con cierto tiempo. Y además es la primera vez en mucho tiempo que se reúne con alguien de cierto peso estratégico. No creemos en las coincidencias, y la edad de los elementos en cuestión no nos parece disuasoria para creer que no tengan motivos, razones y capacidad de actuación con respecto a la geopolítica actual en Oriente Medio. Cuando alguien tiene un propósito en la vida, no lo olvida porque haya llegado a la edad de la jubilación.

—Verás Smith, —como empezamos a tutearnos, me pareció obvio dejar de llamarle Mr. Smith— puedo entender lo que me estás contando, sin embargo debo insistir, no creo ser la persona adecuada para este tipo de actividad, por llamarlo de alguna manera. No podría engañar a Pita Weiscome, ni traicionarla, ni estaría a gusto distribuyendo aparatejos electrónicos por la casa. Seguro que alguien del servicio se daría cuenta, por no decir la propia Pita, la cual leería en mi cara que algo estaba tramando. De hecho es probable que incluso sin hacer nada de lo que me estás pidiendo, el próximo día que nos veamos, ya intuya que por mi cabeza pasan cosas que no son las habituales y por supuesto rápidamente detectará que de alguna manera le estoy ocultado alguna cosa, me leerá en la mirada que le oculto algo e insistirá sin desfallecer hasta que me sonsaque alguna cosa. Tendré que inventarme alguna desdicha o alguna situación que sea lo bastante grave como para que parezca que realmente afecta a mi situación actual y eso ya será engañarla y todo para que no sepa que vosotros estáis detrás de todo y a mí me importa una mierda vuestra actividad. Así que insisto, no pienso mover un dedo por vuestra causa. Dejad que vuelva a la ignorancia pacifica de mi vida, hagamos como si Fran nunca me hubiera llamado. Además Pita Weiscome es la viuda de un embajador norte americano, seguro que estaría encantada de contribuir a vuestra causa.

Francisco Javier y Smith se miraron conscientes de que su primer intento de convencerme había fracasado, pero rápidamente intuí que mutuamente se estaban autorizando a pasar al plan B, estaba claro que no iban a desistir tan fácilmente y yo tampoco tenía un don para el convencimiento. No pude convencer a Miriam, ni a Emmy de que no me abandonaran y no tenía en la memoria ningún recuerdo de haber convencido a mi madre o a mi padre de alguna cosa. La única manera de llevar a efecto todo lo que se me ocurría era a base de hechos consumados, de otra manera siempre me encontraba con la oposición familiar. Pedir permiso siempre me había parecido una pérdida de tiempo, había que dar muchas explicaciones y el resultado en mi caso en concreto, solía ser el mismo, pues mi padre como funcionario de juzgados no le gustaban las sorpresas, ni era un gran aventurero, le gustaba tener todo atado y bien atado, por lo que su primera respuesta ante cualquier novedad, solía ser negativa o se ponía a la defensiva sin ni siquiera valorar lo que se le estaba contando, así que con los años desarrollé esa técnica de los hechos consumados, que aunque en ocasiones me generaban muchos problemas, en otras me evitaba un sinfín de impedimentos que lo único que conseguían era posponer el resultado de aquello que estaba deseando.

—Escoffier, Pita Weiscome es viuda de un embajador norte americano, pero también es libanesa, de hecho fue en aquellos tiempos convulsos cuando contrajeron matrimonio y sus años junto al embajador hizo un gran trabajo, pero ahora no podemos olvidar sus orígenes y desconocemos si realmente se puede confiar en ella para algunos asuntos de Estado. ¿Qué es ahora? Más estadounidense o más libanesa, "qui lo sait". Entendemos tus reticencias, pero quizás, como tú dices, tengas algunos motivos reales que te puedan estar preocupando y realmente no estarías engañando a Pita Weiscome cuando le contaras por ejemplo que tu tío Cesar está entrampado en una mafia de apuestas.

—Parece que no os falta ninguna información, ¿también tenéis mi casa pinchada? —dije mirando a Francisco Javier, buscando respuesta e intentando que por lo menos se sintiera incomodo con su actitud, pues hasta la fecha, al margen de quitarme a mi mujer, habíamos tenido una buena relación.

—No es lo que piensas —dijo Francisco Javier— tan sólo hemos recabado algo de información de tu situación actual, para saber si podíamos contar contigo. No hay escuchas en tu casa, ni en tu móvil, sólo hemos seguido unos días a tu tío sabiendo como es, con todo lo que me has contado de él. También te hemos hecho algún seguimiento a ti los últimos días. Sabemos lo de la prostituta que recogiste la noche que saliste de la casa de Silvia Trasvelez, no creo que a Marco Aurelio le hiciera mucha gracia saber lo de tus visitas programadas.

—Eso no es de vuestra incumbencia —Entendí que Francisco Javier dijo esto último, como intentando crear en mi algún sentido de culpabilidad y con ello rebajar mi autoridad moral de manera que tuvieran tanto él como Smith alguna posibilidad de convencerme de sus propósitos.

—Mira Escoffier, —intervino Smith— sabemos que todo esto es difícil de asimilar, pero creo que estarás con nosotros que en todas las situaciones se puede sacar algo positivo, por complicada que esté la cosa. ¿Qué te parecería? En el caso de que decidieras ayudarnos, que nosotros ayudáramos a tu tío a resolver su deuda. Quizás no sea necesario pagar, si no convencer a quién corresponda para que se olvide de dicha deuda. Creo que eso si lo podemos hacer. Por supuesto no tienes por qué preocuparte del tema de Silvia Trasvelez, pues no tenemos ningún interés en perjudicarla a ella o a ti o al propio Marco Aurelio. Estás cosas mundanas no nos preocupan lo más mínimo, salvo que podamos sacar algún beneficio y en este caso no es el caso.

—Ya estáis sacando partido, si no, a que viene que lo saquéis a relucir. La gente como vosotros nunca dais puntada sin hilo. Todo son argumentos para llevarme a vuestro terreno. Al final de una manera u otra tendré que claudicar, o eso es lo que esperáis. Supongamos que acepto. Primero ¿cómo solucionaríais el tema de mi tío?, segundo, quiero que solucionéis la situación de la chica que recogí, seguro que disponéis de información suficiente respecto a ella. Tercero, qué debería hacer en casa de Pita Weiscome, no pienso ir por todas las estancias colocando dispositivos.

—Bien Escoffier, empecemos por el tercer punto. No tendrás que instalar nada en la casa. Lo que haremos será ponerte una aplicación en tu smartphone que siempre que se hable se activará y no gravara nada en tu móvil, si no en remoto. Tú sólo has de preocuparte de estar cerca de las personas de interés o dejar el smartphone próximo a donde se puedan realizar dichas conversaciones.

—Me pasaré el día en la cocina y durante la cena, difícilmente saldré de ella.

—Bueno, seguro que la anciana querrá presumir de ti y en algún momento puede que requiera de tu presencia y siendo Noche Buena, seguro que se siente más entrañable y permite que estes con los invitados después de la cena mientras tomáis unas copas y en cualquier ocasión puedes olvidar convenientemente tu móvil en cualquier rincón donde estén los invitados principales. Seguro que sabrás buscar los momentos adecuados.

—¿Podéis empezar a trabajar con lo de mi tío? No quiero que estas fechas se presente nadie de los tipos de la deuda por mi casa. Por cierto, mi tío se llevó un perro que les pertenece, podríais devolverlo vosotros mismos.

—Miraremos que podemos hacer. Esta tarde vendrá un técnico a adaptarte el smartphone.

Me levanté de la mesa y salí de la cafetería con la sensación de haberme metido en un embolado, sin beberlo ni comerlo como se dice vulgarmente, o como si me hubieran vendido una enciclopedia de papel en tiempos de la digitalización y me sintiera el hombre más estúpido de la tierra. Volví a pensar en pasajes de "El idiota" de Dostoievski, donde el príncipe Myshkin sentía que todo el mundo quería aprovecharse de su idiotez. Me preguntaba cómo había llegado a la situación de plegarme a los designios de dos tipos que no eran nada de fiar, especialmente Mr. Smith, aunque Francisco Javier no se quedaba atrás. Me pedía el cuerpo hablar con Emmy y preguntarle si realmente sabía qué clase de individuo era su galán con pintas del Gran Gatsby.

Antes de abandonar a mis dos contertulios, sólo se me ocurrió decirle a Francisco Javier, que no volviera a llamarme para ir al pádel. Puso cara de entenderlo y de no importarle lo más mínimo. De alguna manera, era como si por primera vez me diera cuenta de la verdadera personalidad de Francisco Javier, hasta la fecha me había parecido de lo más normal a pesar de moverse en esferas más elevadas a las de cualquier ciudadano de a pie. Quizás era culpa mía, siempre intentando normalizar la actitud de los que vivían en estratos sociales superiores, tal vez porque acababan siendo los mejores clientes o tal vez porque relacionándome con ellos sentía que pertenecía al mismo nivel, un poco como Silvia Trasvelez que se había reinventado para parecer alguien de lo que antes llamaban la Jet Set, cuando en realidad provenía de clase trabajadora y aún con todo, no podía permitirse el dejar de trabajar para aquellos a los que intentaba parecerse. Con sus ingresos y los de su marido piloto Marco Aurelio podían mantener un tren de vida que les permitía codearse con la alta sociedad, sin embargo eran conscientes que no podía bajar el ritmo de su actividad laboral si querían mantener el nivel de ingresos.

—*¡Silencio, por favor! Me atrevo a lo que se atreva un hombre; quién se atreve a más, no lo es.*

Al llegar a casa lo primero que escuché fue al tío Cesar, dándole la lata con Shakespeare a la joven Ami, creo que era algo de Macbeth. El perro levantó su enorme cabeza para lo que era el cuerpo y observó mi entrada sin darle demasiada importancia y a continuación siguió durmiendo.

Le planteé a la joven Ami, que la necesitaba como pinche el día de Noche Buena. Se lo expuse como una necesidad mía, más que si le hiciera una favor para apartarla de su actividad. No puso muchos reparos y preguntó si le pagaría, le dije que por eso no se preocupara. Obvié el encuentro que había tenido con Fran y Mr. Smith, desconociendo como iba a acabar la cosa, en cuanto ellos se entrometieran en los negocios de los que la explotaban. Me confirmó que estaba legalmente en el país, por lo que no fue un problema enviarle la documentación a Pita Weiscome para sus controles de seguridad. Al tío Cesar tampoco le comenté nada de la posibilidad de que quedara liberado de su deuda, dado que desconocía la capacidad real que tenía Mr. Smith de solventar esos problemas y si tan sólo era un farol para que en definitiva me comprometiera a realizar lo que precisaban de mí.

Durante la tarde todo transcurrió como estaba previsto. Preparé los menús del día siguiente, el técnico de comunicaciones o espía o lo que fuera pasó por casa y adecuó mi smartphone. El tío Cesar preguntó quién era, le dije que el técnico de internet que lo había llamado por un problema de velocidad. No quedó muy convencido pero pronto se le olvidó el tema cuando sacó a pasear a Nadie. Ami contemplaba el televisor navegando de canal en canal, como si no hubiera fin, al final se inclinó por coger uno de los libros de mi estantería dedicada exclusivamente a la novela negra. Me dio por pensar que por edad, podría ser mi hija, se había recuperado bastante bien de los golpes del día anterior pero seguía transmitiendo una cierta fragilidad. También pensé en sus padres, qué pensarían si supieran cuál era su trabajo y que historias les contaría cuando hablaba con ellos.

—Siento haber entregado tu móvil al individuo ese que te vino a buscar. Si quieres hablar con tus padres y recuerdas el teléfono, puedes utilizar el mío. Mañana podemos comprar uno si quieres.

—Si que recuerdo el número, pero ahora no quiero llamarlos, me pondría a llorar y lo notarían.

—¿Qué creen que haces?

—Les he dicho que cuido niños, les enseño francés, paseo perros y lavo platos en un restaurante, así es bastante creíble y siempre estoy muy ocupada para llamarles.

—¿Y no crees que realmente podrías dedicarte a esas actividades? y prepararte para prosperar. ¿No sería mejor que lo que estás haciendo?

—Tengo que pagar una deuda y ayudar a mis padres, no es tan fácil. Ahora mismo estoy entre la espada y la pared, como decís aquí.

—Hay asociaciones de senegaleses que te podrían ayudar. Yo también podría ayudarte, podrías trabajar para mí por horas, no es un trabajo continuo, pero te pagaría bien y tendrías tiempo para otras cosas, estudiar o tener otro trabajo y hasta que te pongas al día puedes vivir aquí sin problemas, no necesito todo el espacio que hay.

—¿Y qué hacemos con los tipos que me explotan? No se van a quedar de brazos cruzados. Como poco querrán recuperar su inversión y probablemente también querrán dar un ejemplo conmigo para que no se les descarríe el personal.

—De eso, ya nos encargaremos llegado el momento. Mañana es Noche Buena y tenemos mucho trabajo por delante. Mientras esos tipos no te encuentren vamos a tomárnoslo con tranquilidad. Cada cosa a su tiempo.

—¿Cómo debo llamarte? —dijo Ami

—Mañana, mientras trabajamos llámame "Chef"

—¿Y cuando no trabajemos?

—No es necesario que me llames nada, nadie me llama por mi nombre.

Ami puso cara de extrañeza ante la respuesta, pero se conformó y no insistió en conocer mi nombre. Me mantuve con la idea de no comentarle nada respecto a que ya me había ocupado de su situación, porque no las tenía todas conmigo de que Mr. Smith fuera muy efectivo al respecto. Confiaba en que todo se desarrollara como estaba previsto y todo el mundo obtuviera lo que estaba buscando. Por mi parte sólo deseaba que la suerte, aunque sólo fuera por esta vez se inclinara de mi lado, la buena suerte obviamente, a la mala ya estaba habituado.

Diciembre 24   07:30:00

Ami y yo hemos salido temprano hacia la casa de Pita Weiscome, al tío Cesar le he recomendado que no salga de casa, salvo para pasear al perro para hacer sus necesidades, lo que ha aprovechado para deleitarme con unas palabras de Hamlet —*Pues que le cierren bien las puertas, para que no haga el bobo si no en su propia casa ¡Adiós!*— Le he explicado el plan de trabajo y que por tanto llegaremos muy tarde, probablemente de madrugada y que no nos espere despierto. Se ha hecho la victima diciendo que pasará la Noche Buena sólo, pero como nos conocemos sobradamente, ya sabe que sé que las fiestas navideñas no le importan nada, por no decir que las odia, algo en lo que coincidimos, aunque por diferentes razones.

Hemos comprado un móvil para Ami y nos dirigimos a casa de Pita Weiscome. La ciudad está bastante tranquila. El taxista escucha una emisora conservadora, por no decir que flirtea con la ultra derecha. El discurso del locutor va cargado de improperios y descalificaciones hacia los que gobiernan o no piensan como él. Está más próximo a un telepredicador que aún comentarista político. Lo malo no es que exista gente así, lo malo es que ese odio que destila, se inocula en la mente de las otras personas que por razones que se me escapan, acaban creyendo que esas afirmaciones provenientes del más puro odio puedan ser verdad. Piensas en el fin que puedan tener esas palabras, y sólo se te ocurre que están destinadas a que el gobierno sucumba para que pueden gobernar los que le pagan. Y los que le pagan no son otros que lo que cada vez abrazan más el fascismo y los ingenuos que les votan, piensan que van a tener una vida mejor, cuando en realidad van a ver sus derechos civiles mermados. Decía Albert Einstein que sólo había dos cosas infinitas "El universo y la estupidez humana".

Le pido al taxista si puede poner algo de música, no pone ningún impedimento y cambia de dial. Suena l'hymne a l'amour de Edith Piaf, cantado por Céline Dion, la versión que cantó en París, le digo que está bien y que lo puede dejar ahí.

Con la cabeza apoyada en el cristal, Ami contempla la ciudad como si fuera la primera vez que la ve. Tal vez sea así y no esté acostumbrada a estar por la calle a estas horas de la mañana. La veo vocalizar la canción con la mirada perdida.

…Tant que l'amour inondera mes matins,

Tant que mon corps frémira sous tes mains,

Peu m'importent les problèmes,

Mon amor puisque tu m'aimes

…

La dejo con sus pensamientos y yo sigo con los míos. A medida que nos acercamos a casa de Pita Weiscome, se me hace un nudo en el estómago, sólo de pensar que de alguna manera tengo que espiarla, me siento como un ser despreciable y a medida que se acerca el momento me pregunto cómo me he metido en este berenjenal. La madrugada que salí de casa de Silvia Trasvelez era una persona sin problemas aparentes, había tenido una velada excelente y mis días venideros sólo tenían que transcurrir cocinando para otros y sin obligaciones de ningún tipo con respecto a los demás. De repente como un capricho del destino, me encontraba envuelto en una trama política extrañísima para mi capacidad de comprensión, y siguiéndome los pasos, probablemente dos clanes o mafias u organizaciones dedicadas a la prostitución y a las apuestas y lo curioso del caso es que yo no había hecho nada para que todo eso me sucediera, más allá de ayudar a una joven que se había desplomado en plena calle de madrugada. Por un momento volví a maldecir a Silvia Trasvelez por haberme echado de su cama de madrugada, aunque me sentía tan bien cuando estaba con ella, que rápidamente la exculpé de todo lo sucedido. Probablemente, si ella hubiera sido capaz de predecir el sinfín de acontecimientos que se habían producido desde que me echó de la cama, habría sido capaz de romper sus normas y me hubiera acogido un par o tres más de horas en su regazo, aún a riesgo de que su marido Marco Aurelio nos encontrara en situación, o simplemente no le diera tiempo a cambiar sábanas y dejar la casa como una patena para cuando él llegara y que Marco Aurelio pudiera deducir por los rastros de los sucedido, que allí había estado alguien cocinando y cenando y haciendo todo aquello que a uno se le pasa por la imaginación cuando tiene la certeza de que alguien ha estado ocupando su lugar en su ausencia.

—¿Has sido feliz, alguna vez? —me dio por preguntarle a la joven Ami, al verla canturrear con una expresión en la cara muy relajada por primera vez, como si la luz de la mañana y la canción de Céline Dion fueran un bálsamo para todo aquello que la afligía.

Me miró como sorprendida por la pregunta, dejó de apoyar su cabeza en el cristal, se irguió y dejó de canturrear. Le pedí perdón por haberle quitado ese momento y contesto:

—Recuerdo que en mi poblado, cuando era niña todos éramos muy felices. Fue una época que venían muchos cooperantes para ayudarnos. No teníamos muchas cosas, pero tampoco necesitábamos más. Cuando crecí intenté buscar trabajo en Dakar, pero el país no estaba muy bien y encontrar trabajo era muy difícil. Después un cooperante me prometió que se casaría conmigo, pero al llegar aquí desapareció y caí en manos de los que ya sabes, esa es mi historia. Si, una vez fui feliz, pero ahora sólo es un recuerdo.

—Bueno, no pierdas la esperanza, "de todo se sale", decía mi padre, el cual conocía a muchos que acababan en prisión y esa era su manera de animarlos el día que les leían la sentencia.

—Por cierto, hablando de sentencias, mis papeles son falsos, no sé si donde vamos, van a tener la capacidad de ver la diferencia con los auténticos.

No me gustó escuchar esto último, pero ya estábamos llegando y confié en que los controles de Pita Weiscome no fueran muy exhaustivos al respecto. En definitiva sólo se trataba de tener controladas a las personas que accedían al lugar y confiaba en que Pita sabría entender que yo respondía por la joven Ami.

En el control de acceso no tuvimos ningún problema, el guarda nos indicó donde nos esperaba Joss. En ésta ocasión accedimos por la puerta de servicio que nos llevaba directamente a la cocina. Joss nos saludó con una ligera inclinación de cabeza, mientras fijaba la mirada en la joven Ami. Disculpó a Pita Weiscome, diciendo que todavía no se había levantado y había dejado ordenado que empezáramos sin ella, pues tenía toda la confianza depositada en mis habilidades culinarias. No obstante, Joss aproximó su boca a mi oído, como si lo que iba decir fuera sólo de mi incumbencia, y dijo: La Señora sabe que su acompañante no está legalmente en el país — aunque el esfuerzo para ser discreto, no impidió que Ami lo escuchara— Probablemente lo querrá hablar con usted en cualquier momento del día. Le agradecí a Joss su discreción y nos pusimos manos a la obra. Nos vestimos con chaquetas de cocinero. A Ami le sentaba muy bien, parecía una profesional y disimulaba su exuberante pecho remarcado por el jersey de licra que le había prestado. Pensé para mí, que era mejor que Pita la conociera de esta manera para que por lo menos le transmitiera un poco más de confianza.

—¿Qué hago chef?

—Muy bien, ya veo que estás en el papel. Empieza con todas esa cebollas, luego los calabacines y las zanahorias. La mitad de las cebollas las cortas en juliana y la otra mitad en brunoise, el resto ya te iré indicando. Ami puso cara de no entender nada. Le hice una pequeña demostración del tipo de corte y se puso a cortar infatigablemente. Puse a los robots de cocina a crear masas, precalenté hornos y mariné algunos productos, preparé algún escabeche y varias salsas, mientras limpiaba varios pescados y mariscos que habían traído aquella misma mañana. En un rincón de la cocina, como el que deja ofrendas en un altar, Pita Weiscome se había encargado de dejarme todos los ingredientes necesarios para preparar el tabbouleh y el fatayer, junto a ello había una nota:

Querido Bibi,

Aquí tienes todo lo necesario para los dos platos que te pedí especialmente. No confundir el burghul con el couscous y con respecto al sumac, utilízalo con moderación.

Un abrazo,

El burghul es una sémola de trigo que es la base del tabbouleh, no es fácil de encontrar y la gente lo sustituye por el couscous, y el sumac es una especie proveniente de una bayas rojas que produce un arbusto llamado zumaque, suele tener un sabor ácido parecido al limón y también suelen sustituirlo por éste por la dificultad de encontrarlo. Pita Weiscome se había esforzado en que todo saliera perfecto, así que tenía la responsabilidad de acercarme a las recetas originales y no realizar ninguna innovación al respecto que pudiera desilusionarla.

Como el tabbouleh es una especie de ensalada la dejo para el final, sólo guiso el burghul porque luego necesita nevera. Las fatayer que son una especie de empanadas de espinacas se pueden ir preparando y hornear en cualquier momento. La mañana transcurre tranquila y avanzamos con el trabajo a buen ritmo. Le digo a Ami que nos tomemos un descanso y salimos al jardín que conecta con la cocina. Comemos un bocadillo de atún en silencio. Supongo que la joven Ami tiene sus preocupaciones y yo las mías propias. No dejo de pensar en el lío en el que me han metido Francisco Javier y Mr. Smith. Me preocupa el encuentro con Pita Weiscome, siendo tan sensible a lo que ocurre en su entorno, tiene esa capacidad de percibir cuando las cosas que la rodean no van bien y casi siempre acierta con lo que les aflige a los demás.

Al regresar a la cocina, nos encontramos con Pita Weiscome, todavía con pintas de recién levantada.

—Bonjour, mon ami. Ya veo que estáis a pleno rendimiento. Así que esta jovencita es tu nueva pinche. Espero que sólo sea eso —dijo Pita Weiscome con cierto tono socarrón—

Después alargó el cuello para poner su boca a la altura de mi oído y dijo susurrando —aunque Ami lo podía escuchar—

—Sabes que tu amiguita no tiene los papeles en regla. Espero que sepas lo que estás haciendo.

—Si, no lo sabía, pero lo arreglaré, tiene mucho potencial y sería una lástima perderla por un simple problema burocrático.

—La verdad es que es una autentica belleza, —dijo Pita Weiscome, mientras agarraba sus manos y después pasaba sus huesudos dedos delicadamente por el pómulo derecho de Ami, que todavía conservaba una ligera inflamación debido a los golpes que le propinaron la noche en la que nos encontramos.

—Chérie, nous avons toutes les deux grandi sous l'influence de l'État français. Aunque tu eres muy joven y ya no lo has vivido igual.

Después se giró hacia mí y dijo: —¡Bibi! Te conozco bien y sé que no eres el causante de ese estropicio en la cara de la jovencita, espero que sepas lo que estás haciendo, y como siempre, si necesitas que te ayude en algo, no lo dudes. Por cierto esta noche estarán prohibidos los móviles. Así que tendrás que entregar el tuyo y el de la joven si lleva a Joss.

—Gracias por tu ofrecimiento, pero no será necesario, arreglaré la situación de Ami en cuanto salgamos de aquí y pasen fiestas y respecto al móvil, lo necesito, están todas mis anotaciones de las recetas.

—Bueno, en cualquier caso, que no salga de la cocina. Cuando me haya vestido, volveré y acabaremos de cerrar temas con los platos. Le he dicho a Camille que hoy no se acerque por la cocina, ya sabes que no eres santo de su devoción. Me podrías preparar para la comida una crema de esas tuyas de verduras, quiero reservarme para la cena, a mi edad ya sabes que no se come tanto.

Camille era una especie de ama de llaves, o gobernanta, originaria de Martinica, otro protectorado francés. Se encargaba entre otras muchas cosas, de las comidas diarias de Pita y del personal, por ese motivo no le hacia ninguna gracia mí presencia en lo que consideraba su cocina cada vez que eran reclamados mis servicios. Nunca habíamos congeniado y Pita lo sabía, de ahí las precauciones que había tomado para que no se acercara por nuestro radio de acción y que Camille consideraba sus dominios.

El primer encuentro de la mañana con Pita Weiscome, no fue del todo mal. Pareció caerle en gracia la joven Ami, tal vez por apreciar una cierta fragilidad o por tener el francés como lengua común o a saber el por qué. El caso es que habíamos pasado la primera prueba a pesar de saber que tenía en su cocina una persona en situación irregular en el país. Quise pensar que tal vez era porque la anciana habría vivido muchas situaciones de desamparo a lo largo de su dilatada vida, quizás alguna en sus propias carnes o gente próxima a ella. Los setenta del siglo pasado fueron convulsos en Oriente medio, aunque no estaban lejos de los actuales.

Me preocupaba el tema del móvil, pues en el momento que no lo precisara en la cocina, debería entregárselo a Joss, con lo cual todo el plan de Mr. Smith se desvanecía. Por una lado me quitaba un peso de encima, porque la obligación de entregar el móvil, me servía de coartada para no poder espiar a Pita y sus invitados, pero sabía que eso no le iba a gustar a Smith y Fran y era probable que por su parte no cumplieran con lo pactado. En cualquier caso, sabía que en otras circunstancias, esos dos problemas los tendría que haber afrontado sin ayuda de ningún estamento o agencia rara, por lo cual me sentía como si estuviera al principio de todo y tuviera que valerme de mi propia capacidad para solucionarlos en la medida que pudiera, porque pensándolo fríamente, ninguno de los dos problemas eran de mi incumbencia, aunque conociéndome, me resigné o autoconvencí que al final haría todo lo que estuviera en mi mano, de otra manera me esperaban unas cuantas noches en vela por culpa de mi mala conciencia.

Cuando os pidan los móviles, entrega el de tu amiga como si fuera el tuyo, no saben que lo tiene. Y tú sigues adelante con lo previsto con tu móvil.

El mensaje que me llegó al móvil, sin identificación del origen, me devolvió a la casilla de salida. Era obvio que el programa espía funcionaba y me conminaban a seguir con el plan, muy a mi pesar.

El día transcurrió con normalidad, todas las preparaciones se fueron sucediendo sin ningún problema. La joven Ami parecía tener un don para manipular alimentos. Pita Weiscome se tomó la crema de verduras que me pidió y una pequeña tortilla, fue el menú que hice para todo el personal, incluida

Camille, la cual cuando devolvió los platos vacíos a la cocina, dijo que a la Señora le había gustado mucho la crema, y muy a regañadientes reconoció que a ella también.

Durante toda la tarde, Pita estuvo encima de todo el mundo para que todo estuviera perfecto. A partir de las diecinueve horas, empezaron a llegar invitados y desde ese momento ya no la vimos tanto por la cocina.

Sobre las veinte horas, apareció en la puerta de la cocina Pita, acompañando a Marco Aurelio, el marido de Silvia Trasvelez. En su mano blandía lo que parecía un vaso de whisky doble sin hielo, lo que me pareció un poco prematuro para empezar a beber. Este dijo que se había adelantado un poco, que Silvia llegaría un poco más tarde. Desconozco la excusa que le dio Marco Aurelio para acercarse a la cocina, pero instintivamente Pita abandono nuestra compañía alegando que debía atender a la gente que iba llegando.

Marco Aurelio, como casi todos los comandantes de líneas aéreas comerciales, era un tipo bien parecido, maduro, quizás superara en edad a Silvia en seis o siete años, tenía una buenas entradas y las sienes plateadas lo que le daba cierto aire a galán cinematográfico, por descontado tenía una tez bronceada, aunque no sabría discernir si la había obtenido en los destinos tropicales de sus vuelos o era fruto de los rayos uva.

—¡Que bien huele aquí! —fue lo primero que dijo Marco Aurelio para romper el hielo, aunque enseguida supe que sólo era una introducción para ir directamente al grano.

—Es un olor parecido o similar al que suelo encontrar en el ambiente de mi casa después de un largo viaje. ¿Sabes? Cuando llego a casa después de días de vuelo, la casa suele estar vacía porque Silvia siempre está en el trabajo o en una de esas reuniones suyas tan importantes. El dormitorio está impoluto, la sábanas huelen a limpio como en un hotel, como si ella no hubiera dormido allí en mi ausencia, ni siquiera la almohada conserva su olor, y eso que la he obsequiado con los perfumes más caros del mundo. Pero cuando me acerco a la cocina hay un aroma en el ambiente, como si se hubieran cocinado cosas extraordinarias. Silvia no es muy ducha en la cocina, así que descarto que haya estado guisando nada, después abro los cubos de la basura y en el orgánico encuentro pieles y restos de comida que en algún momento han sido parte de algún plato muy sabroso y abro el de reciclaje y encuentro envoltorios de productos gourmet que difícilmente ella compraría, dado que nunca ha demostrado interés en buscar nuevos placeres gustativos.

Mientras me contaba su experiencia, me lo iba imaginando al llegar a su casa, cogiendo la almohada de Silvia y aplastándola sobre su cara buscando un olor o unas pinceladas de los aromas de su pelo, algo que lo retrotrajera al recuerdo de la propia Silvia, un poco como la madalena de Proust, ese olor, sabor o gusto que nos conduce mentalmente a un momento feliz de nuestras vidas, aunque en ocasiones también nos puede conducir al recuerdo de una situación traumática. Después pensé que Silvia Trasvelez, siendo tan meticulosa con su dormitorio, dejando todo tan recogido, cambiando sábanas y almohadas hasta el punto de darle un aspecto aséptico al lugar como si fuera un hotel, no tenía mucho sentido que abandonara los restos del festín en la basura y no se deshiciera de ellos a la mañana siguiente. De alguna manera, se me antojaba que Silvia Trasvelez, dejaba allí aquellos restos, precisamente para que Marco Aurelio los encontrara y por alguna extraña razón que en estos precisos momentos no atinaba a comprender, pretendía que fuera consciente de su infidelidad y para más concreción dejaba pistas que me señalaban directamente a mí, porque de haber querido que Marco Aurelio supiera de sus infidelidades, bastaba con dejar la cama tal cual después de una noche de pasión y en cuanto a los restos de comida, se podría haber deshecho de ellos y el posible amante, hubiera quedado en el anonimato. Como no sabía lo que se traía entre manos Silvia Trasvelez, opté por no negar ni afirmar nada, hasta poder hablar con ella.

—Te equivocas con tu mujer Marco —le dije obviando su segundo nombre debido a mi fobia hacía los nombres de emperadores romanos— A Silvia sí que le gusta descubrir nuevos sabores gustativos, recuerda el día que nos conocimos que se interesó por los coulants.

—No creo que ese día estuviera pensando en los "coulants"

—Bueno, cada uno percibe lo que percibe.

En aquel momento regresó Pita con su invitado estrella, un anciano probablemente de la misma quinta que ella, acompañado de una mujer de extremada belleza, por un momento me recordó a la princesa Soraya, la que fue segunda esposa del Sha de Persia y a la que había conocido por reportajes sobre ella.

—Bibi, este es mi gran amigo desde la infancia, Khalil y ésta es su encantadora hija Hana. Les he contado maravillas de tus elaboraciones.

—Supongo que ésta anciana loca te habrá llevado por el camino de la amargura para que todo salga perfecto —dijo Khalil en todo jocoso. Es su obsesión, la perfección.

—Bueno, Pita y yo nos conocemos ya hace unos cuantos años y ambos sabemos hasta dónde podemos llegar.

—Pues te felicito joven, ya has conseguido más que nadie de esta cabeza cuadrada.

—¡Gracias! Por lo de joven…pero la juventud ya va quedando atrás.

—Hijo mío, cuando tengas mi edad, todo el mundo te parecerá joven.

—A mí también me lo pareces —dijo Hana que hasta ese momento había permanecido en silencio.

Le agradecí el cumplido y quise decirle que a mí también me lo parecía ella y que deberíamos ser de la misma quinta, pero podría parecer una falta de respeto hablar de la edad de alguien que acababas de conocer. En cualquier caso me limité a excusarme con el trabajo que todavía nos aguardaba para culminar la cena de Noche Buena.

—Dejemos al gran Chef que haga su magia para que todas las damas caigan rendidas a sus pies —dijo Marco Aurelio levantando el vaso de whisky por encima de su cabeza a modo de brindis, mientras el resto de asistentes lo miraban atónitos.

En ese pequeño tumulto que se originó en la puerta de la cocina, aproveché para dejar caer mi móvil en el bolsillo de la americana de Marco Aurelio, me pareció una alternativa, dado que se suponía que estarían toda la noche y con el ritmo de bebida que llevaba, pronto no sería consciente de muchas cosas.

Al rato apareció Joss para requisarnos el móvil. Ya había convenido con Ami que era necesario entregar el suyo como si fuera mío. No lo entendía, pero tampoco se puso muy pesada al respecto. A Joss le costó entender que una joven no tuviera móvil, tuvimos que explicarle que si tenía, pero que con las prisas y los nervios del primer día se lo había olvidado en casa. Después apareció Camille con dos auxiliares para empezar a servir los primeros platos, preguntó en que orden había que servirlo y le dije que era indistinto, que era una especie de buffet. Me miró con cierto desaire como si la amabilidad que había mostrado y surgido después de comer la crema de verduras fuera toda la que poseía, después me pidió si mi pinche podía ayudarles a llevar algunas bandejas a la sala e ir retirando platos. Le pedí a Ami si le importaba ayudar con eso y no puso ningún inconveniente.

En el momento que me quedé solo en la cocina apareció Silvia Trasvelez. Iba más elegante de lo habitual, supuse que la celebración de la Noche Buena invitaba a eso. Estuve tentado de abrazarla y besarla hasta quitarle ese carmín que no solía usar, pero obviamente no era el momento ni el lugar.

—¡Vaya! Ya veo que te has agenciado una buena ayudante. Es muy guapa, pero un poco joven para ti ¿no? —dijo Silvia Trasvelez, como un reproche medio en broma medio en serio que albergaba un posible sentimiento de celos. También me ha dicho Marco Aurelio que la hija del amigo de Pita, esa tal Hana, te ha hecho ojitos. Lo tuyo no tiene remedio.

—Deberías cuidar de Marco Aurelio, a estas horas ya debe de llevar unos cuantos whiskis de más.

—Cuando no vuela se pone al día de lo que no ha podido beber durante el trabajo.

—También me ha enumerado todo los restos que quedaban en tu basura de nuestra última cena. No se le veía muy contento. Pensaba que teníais un acuerdo con respecto a vuestros desahogos.

—Lo tenemos, pero cuando uno se extralimita, el otro tiene derecho a la venganza.

—No sé qué lío os traéis, pero me gustaría no ser parte de él.
—Lo siento por ti cariño, pero ya formas parte del lío.

En aquel momento entraron todas las camareras, Camille y Ami cargadas de platos. Era el momento de servir los segundos, lo que hizo que Silvia Trasvelez volviera al salón.

Ami se retiró a la habitación contigua a la cocina que hacía las veces de despensa. Me la encontré sentada en un taburete con los brazos cruzados agarrándose sobre el estómago y como si estuviera a punto de llorar. Le pedí a Camille que se encargara de los segundos personalmente mientras me ocupaba de Ami, lo que pareció agradarle hasta el punto de esbozar una sonrisa y decirme que no me preocupara que ella se encargaba de todo.

Le insistí en que me contara qué había pasado. Después de unos momentos de incertidumbre, me contó que había reconocido a uno de los invitados de Pita. Dijo que lo vio discutir con otro hombre que no quería firmar unos papeles y también discutían por dinero. Fue en una de las primeras casas que estuvo cuando llegó al país, donde estuvo retenida.

No creía que la hubiera reconocido y de haberlo hecho tampoco sería tan tonto de descubrirse en una cena como esta, donde estaba lo mejor de la ciudad. Le pedí que me lo describiera, dijo que era un hombre maduro, con el pelo blanco y frondoso, la mujer que le acompañaba le llamaba "Capitán" una rubia de edad madura, pero no tanto como él.

Sentía la necesidad de ver cara a cara al tipo ese, capaz de aparentar un vida normal, mientras se lucraba con el negocio más antiguo del mundo. Salí por el jardín de la cocina que conectaba con el jardín que daba al invernadero que habían adecuado para la cena. Desde el exterior podía ver a todos los comensales. Silvia había regresado al lado de Marco Aurelio, Khalil y una silla vacía que supuse era donde debería de estar Hana, flanqueaban a la anfitriona. Reconocí al locutor estrella de la emisora de radio que escuchaba cuando cocinaba, obviamente no se podía perder un encuentro de este tipo.

Había un par de regidores del ayuntamiento, también estaba una locutora de la televisión local, una influencer que estaba de moda entre la gente joven, que aunque era experta en el monotema que publicaba, había dado muestras sobradas de su incultura, aunque en los tiempos que corren parece ser que se premia más la ignorancia, que el conocimiento. Una directora de cine que me sonaba haberla visto participar en el festival de Cannes. También reconocí a un juez de esos que llaman mediáticos porque siempre estaba en casos que generaban mucho morbo entre la audiencia. El resto me eran totalmente desconocidos, probablemente serian CEOS de alguna empresa puntera con las que solía tratar Silvia Trasvelez. Me preguntaba por qué narices, Fran y Smith me había elegido para esta misión tan estúpida, cuando entre la fauna asistente a esta cena, tenían gente que sobradamente estarían dispuestos a trabajar para su causa. Intenté quedarme con la cara del hombre del pelo blanco y frondoso, pero estaba al fondo de la mesa y era difícil de observar.

—¿Has salido a fumar? —me dijo Hana, la cual me pilló por sorpresa, mientras me lanzaba el humo del cigarrillo que ella si estaba fumando.

—La verdad es que no, no fumo. He salido a estirar las piernas, llevamos desde primera hora de la mañana en la cocina.

—Tranquilo, no le diré a nadie que nos estabas espiando —dijo Hana jocosamente y atenuando la voz, lo que hizo que al oír la palabra "espiando", sintiera cierta vergüenza, como si me hubieran descubierto y mis mejillas casi se ruborizaran, aunque la penumbra del jardín ayudó a que apenas se notara.

—Una cena maravillosa, una casa esplendida y un jardín acogedor, una noche estrellada y buena compañía, que más se puede pedir en ésta vida —dijo Hana dando la última calada a su cigarro.

—He estado muchas veces en esta casa y nunca había estado en esta parte del jardín y por supuesto nunca había estado tan bien acompañado.

—¿Nunca? ¿Y qué me dices de Silvia Trasvelez?

—¡Vaya! Parece que en esta casa no hay secretos.

—Su marido lleva algunas copas de más, y sabes que cuando eso sucede la lengua se suelta. Incluso ha intentado tirarme los tejos.

—Dice Silvia, que cuando Marco no vuela, se pone al día de lo que no ha podido beber mientras trabaja. Silvia es una buena amiga…con derecho a roce, pero nunca nos haríamos daño, los dos sabemos lo que nos conviene. ¿De qué trabajas?

—Me dedico al comercio internacional desde la perspectiva del comercio justo y solidario y por supuesto intentamos colaborar en las zonas de conflicto, donde más ayuda se necesita.

—Aquí tienes un locutor de radio, una periodista de televisión, dos regidores y una influencer, incluso un juez, y a la propia Pita Weiscome, que no tengo que decirte la influencia que tiene. Seguro que ellos podrían publicitar de alguna manera toda esa solidaridad que gestionas.

—La cosas no son tan fáciles, detrás de nuestro nombre hay una historia y todos los estamentos se curan en salud antes de tomar partido por algo.

—Bueno, voy a regresar a la cocina, hay que sacar los postres.

—Mi padre se va a quedar a dormir aquí, Pita ha sido muy amable, pero yo prefiero regresar al hotel. Si no tienes celebraciones familiares podríamos tomar una copa. Estoy en el Embassy.

—¿Me harías un favor? Hana. —sin dejar que me contestara, la puse en un compromiso, con la confianza que me daba haber congeniado tan rápidamente. Le pedí si podía acercarse al tipo del pelo blanco frondoso y recopilar toda la información que pudiera de él, como si tuviera algún interés comercial. Lo fácil sería preguntarle a Pita por él, dado que era su invitado, pero tendría que darle muchas explicaciones y tampoco estaba seguro que Pita Weiscome estuviera al corriente de las auténticas actividades del individuo.

De camino a la cocina, me iba arrepintiendo de habérselo pedido, en el fondo me parecía una pérdida de tiempo, en ningún momento podía esperar que el tipo en cuestión, desvelara la actividad principal que le reportaba pingues beneficios. También se lo podía haber pedido a Silvia Trasvelez, tal vez hubiera sido más comprensiva y habría podido hablar abiertamente de los motivos, sin embargo ya estaba hecho, nada de lo que pensara ahora cambiaría la decisión tomada. Sólo cabía esperar que Hana no llegara a ningún lado con su indagación, y el hombre del pelo blanco y frondoso no apercibiera que existía un interés especial en él de alguno de los allí presentes.

Le dije a Camille que no contara con Ami para servir los postres debido a que estaba indispuesta. Dijo algo como que la juventud de hoy en día no servía para nada, las auxiliares que eran de la edad de Ami aproximadamente, la miraron con desaprobación, pero a ella era como si no le afectara

Después de los postres y que el champán corriera a raudales, igual que los licores y el café, Pita Weiscome se presentó en la cocina y le dijo al personal que podían descansar, cenar o tomar el champán que quisieran, los invitados ya eran mayorcitos para autoabastecerse de todo aquello que quisieran repetir. Como era de esperar, hizo que la cogiera del brazo y me arrastró hasta el comedor, para compartir con sus invitados mi existencia. Le gustaba presumir de mí, como si fuera una posesión o un descubrimiento suyo. Lo hacía de buena fe, para que me alagaran y alimentar mi autoestima y no me molestaba en explicarle que esa gloria efímera me era del todo innecesaria, tal vez a lo sumo, agradecía la parte de publicidad gratuita que me servía para ampliar mi red de cocina a domicilio.

Pita hizo callar a todo el mundo, aunque no fue fácil dado el índice de alcohol que corría por las venas de alguno y me presentó como el mejor Chef del lugar, sin decir mi nombre. Todos aplaudieron, algún exabrupto se escuchó, probablemente saliendo de la boca de Marco Aurelio que a estas alturas de la noche ya iba más que cargado. El locutor de radio se acercó a estrecharme la mano, me felicitó las navidades y también por el trabajo hecho. El cuerpo me pedía decirle que debería ser más crítico con los que le pagaban —utilizando palabras del tío Cesar— pero pensé que no era el momento y me limité a darle las gracias. Khalil, el invitado especial de Pita, me felicitó por los fatayer, dijo que hacía mucho tiempo que no comía unos tan exquisitos —respondí que sólo era comida, como quitándole importancia y después dije que había ocupaciones de mayor interés o relevancia, pensando en la actuación que tuvo Khalil en las conversaciones de paz para dar fin a la guerra civil del Líbano del siglo pasado, según me había contado Mr. Smith— inmediatamente me di cuenta que tal vez había hablado demasiado, aunque había sido muy genérico, Pita y Khalil me miraron como si fueran conscientes de que sabía más sobre Khalil de lo que debería, dado que teóricamente era un recién conocido y se suponía que un cocinero de mi nivel y procedencia, no debía estar muy al día de la historia moderna del Líbano o de Oriente medio. Hana, su hija, hablaba con el hombre del pelo blanco y frondoso en un rincón de la sala, junto a la chimenea, supuse que estaba cumpliendo con la misión que le había encomendado y no era fruto del azar que lo estuviera haciendo, al ver que los observaba me hizo un gesto para que me acercara, lo que me sirvió de excusa para romper ese momento tenso que se había creado hablando con Khalil y Pita.

—Te presento al Sr. Wifredo Passioni, aunque le gusta que le llamen Capitán —dijo Hana al acercarme a ellos siguiendo sus indicaciones, aunque no me hacía mucha gracia estrechar la mano de alguien que traficaba con personas. Fue capitán de la marina mercante y ahora, por lo que me cuenta, tenemos mucho en común, dado que se interesa por el comercio internacional.

—Habría que entrar al detalle de esos negocios para poder comparar si realmente tenéis algo en común —dije con cierta desgana— lo que hizo que el Capitán se pusiera a la defensiva.

—Bueno, es Navidad, no deberíamos estar hablando de negocios en este momento, ha hecho un buen trabajo, hemos comido de maravilla, le felicito. Pita Weiscome se queda corta cuando alaga sus habilidades.

—Si algún día quiere que cocine para usted y su familia, no dude en llamarme —le dije a modo de despedida, como si tuviera obligación de ir a confraternizar con el resto de invitados.

—¡Oh! Sería maravilloso Capitán —dijo la acompañante de éste, una rubia entrada en años como había descrito Ami y que hasta ese momento no había pronunciado palabra y cuya voz rota se hacía desagradable de escuchar. En aquel instante pensé que sería interesante ver cómo era un día familiar en la vida de un traficante de personas. Sería digno de estudio ver cómo se comportaba en su ambiente familiar, con sus amigos y allegados, el trato con su mujer y sus hijos, si los tenía, incluso con su mascota, probablemente un perro fiel al que le gustaba rascar la cabeza y darle palmadas en el lomo. Un hombre de alta mar acostumbrado a la soledad del océano y del puente de mando, que en su retiro se habría rodeado de gente a quien cuidar y que le cuidaran, pero que sin embargo había escogido un negocio de trata de personas, sin importarle que esos seres humanos que compraba y vendía, también eran hijas o madres o tenían una familia que las estaban esperando.

Me disculpé con ellos diciendo que tenía que saludar algunos conocidos, la mujer del Capitán insistió en que algún día cocinara para ellos, le dije cortésmente que cuando quisiera, sólo tenía que llamar a Pita Weiscome, ella tenía mi contacto, lo que me hizo pensar que debía recuperar mi móvil del bolsillo de la americana de Marco Aurelio.

Lo encontré en un rincón de la sala, despanzurrado sobre un pequeño sillón como si se hubiera caído del piso superior, descamisado, con la corbata aflojada y sin americana. Sostenía un vaso vacío en su mano derecha que supuse se mantenía por la propia inercia de la presión de los dedos y su estado pringoso después de muchas copas y haber comido unos cuantos mazapanes con esos mismos dedos. Le pregunté dónde tenía la americana, pero apenas balbuceaba tonterías por su estado de embriaguez. Si fuera consciente de sus actos, nunca se la hubiera quitado en una cena de éste nivel, pues era del todo sabido que era una falta de compostura o de buenos modales quedarse en mangas de camisa, por mucho calor que hiciera o por más confianza que hubiera con los comensales, no había excusa alguna para romper con una norma básica de las buenas costumbres. En otros niveles sociales no sólo se permite quitarse la americana, a los hombres se les está todo permitido, pueden quitarse hasta la camisa, quedarse en camiseta de ropa interior, incluso en algunas comidas veraniegas estaba permitido ir con el dorso al desnudo, comidas como las que hacíamos de jóvenes con mis hermanos.

Miré en las silla donde había cenado, pero no estaba. Salí del comedor y me adentré en la casa, encontrándome con Joss de frente. Me preguntó como era de esperar, si necesitaba algo. Le dije claramente que buscaba la chaqueta del Sr. Marco Aurelio, que no sabía dónde la había dejado y que era consciente que había roto todas las normas de etiqueta y quería componerse un poco.

—Vera Señor, el Sr. Marco Aurelio no se ha comportado bien, teniendo en cuenta la hospitalidad de la Señora. —dijo Joss. —Cuando ha llegado le hemos retenido el móvil como a todo el mundo, pero al guardar su chaqueta he visto que llevaba otro en su bolsillo. Algo que me parece poco honesto por su parte.

Obviamente tuve que improvisar una historia. Para que una historia sea creíble, hay que ponerle unas pinceladas de verdad. Esto lo aprendí de mi tío Cesar, era único contando historias. Le dije que el teléfono era mío, lo cual era verdad, después le dije que Marco Aurelio me lo había quitado, porque quería comprobar los mensajes que me cruzaba con su mujer, una mentira, porque sospechaba que me entendía con ella, otra verdad e incluso imaginaba encontrar imágenes de ambos juntos, una mentira para adornar toda la historia, y lo único que quería era recuperar mi móvil, una verdad final aunque no por lo motivos descritos. Me preguntó por qué no se lo di a él cuando nos lo pidió y le dije que Marco Aurelio ya me lo había quitado y me daba vergüenza explicar lo que estaba pasando.

Joss me miró con una mirada que estaba entre la incredulidad y la compasión, como si de alguna manera le diera pena. Era obvio que alguien con su experiencia y con lo que habría vivido al lado del matrimonio Weiscome, difícilmente le podía venir alguna cosa de nueva. Después entró en una habitación contigua y salió con la americana de Marco Aurelio, el móvil dijo que se lo quedaba él y que me lo entregaría cuando me marchara. Me pareció una solución justa y no insistí en recuperarlo, no quería levantar sospechas y dadas la horas, difícilmente podría tener alguna función, nada de lo que se pudiera hablar en esa sala llena de gente eufórica por los niveles de alcohol y poco o nada aportaría al devenir de la geopolítica mundial cualquier cosa que se dijera.

Poco a poco los invitados se fueron marchando, los políticos, el juez y la influencer fueron los primeros, dijeron que tenían otros compromisos, la noche era joven. El locutor de radio me propuso que interviniera algún día en su programa ofreciendo alguna receta asequible para sus oyentes, la presentadora de televisión se apuntó a la idea, sugerencias que me abrumaban en exceso, pero que atendí con cortesía. La mujer del Capitán insistió en encontrarnos un día para hablar de una posible cena en su casa, pensé que era una buena ocasión para conocer el entorno del proxeneta ese, la idea me estimulaba más que el hecho de aparecer por antena.

Al final de la velada, sólo quedábamos Pita y sus dos invitados estrella, Khalil y Hana, Silvia Trasvelez, la cual esperaba que Marco Aurelio se recompusiera un poco y yo. La anciana se excusó diciendo que debía retirarse, había sido una jornada muy intensa para ella y precisaba descansar. A Khalil le dijo que se retirara cuando quisiera, el servicio estaría pendiente de él y a Hana le volvió a insistir para que se quedará a dormir en la casa, pero ésta declinó el ofrecimiento con mucha elegancia, mientras me miraba con cierto descaro, algo que no pasó desapercibido para Silvia Trasvelez.

Aproveché que Pita Weiscome se despedía para hacer lo mismo, le habría preguntado por el Capitán, pero la vi muy cansada y también quería acompañar a la joven Ami a casa y después ver lo que me depararía el encuentro con Hana. Pita me dio un abrazo de los suyos, aunque se le notaba la falta de energía y me agradeció el trabajo hecho, al oído me dijo que ya pasaríamos cuentas después de fiestas. Estreché la mano de Khalil, el cual me mantuvo la mirada como si recordara mis palabras de nuestro encuentro anterior y pudiera escudriñar lo que realmente había querido decir. Después estreché la de su hija Hana, como si no fuéramos a vernos en breve y por último la de Silvia Trasvelez que en un gesto contenido me dio un beso en la mejilla, deseándome una feliz navidad con ese tono dulce que utilizó el día que preguntó si le enseñaría a hacer unos coulants en su casa, ese tono que utilizaba cada vez que quería que cayera rendido a sus pies. Lo hizo para que fuera evidente que había un vínculo entre nosotros, que éramos más que conocidos de toda la vida, y demostrar a los ojos de Hana, que ella tenía la suficiente autoridad como para acercarse a mi cara o disponer de mi como quisiera. Intuí una cierta tensión, más por el lado de Silvia Trasvelez que por el lado de Hana, algo que me parecía ciertamente pueril, pues en definitiva Silvia era consciente de que mis relaciones amorosas no se circunscribían solamente a su persona, aunque para mí, ella fuera preferente por muchas razones. En más de una ocasión le había dicho que si decidiera divorciarse de Marco Aurelio, yo me casaría con ella sin pensarlo y le sería fiel de por vida. Aún recuerdo su manera de reír cuando utilicé la palabra "fiel", como si eso no pudiera ir conmigo.

Diciembre 25 01:00:00

Joss cumplió su palabra y me devolvió el móvil. Junto con Ami cogimos un taxi para dirigirnos a casa. Durante el trayecto estuvo más callada de lo habitual. Le pregunté si le sucedía algo. Me preguntó que cómo iba a ayudarle, si me relacionaba con la gente que la explotaba. Le dije que eso no era así, que lo del tipo del pelo blanco y frondoso había sido una casualidad, que no tenía ninguna relación con él, pero que podíamos aprovecharnos de esa ventaja de saber quién era. Le dije que no se preocupara, que ya me estaba encargando de lo suyo. Después me preguntó si no conducía nunca y si tenía vehículo propio, sería lo normal en un empresario de la restauración. Le dije que no tenía carnet, hacía años que no conducía, pero eso era otra historia. No dijo nada más durante el trayecto. Me aseguré que el tío Cesar le abría la puerta y le indiqué al taxista que me acercara al Embassy.

Hana me esperaba en el vestíbulo del hotel, quiso evitarme que preguntara por ella en la recepción. Le propuse ir al piano bar, pero dijo que ya habíamos bebido mucho, mejor subir a la habitación, aunque en realidad yo no había probado el alcohol y por su parte por lo que pude ver después de la cena, apenas lo había probado.

La habitación era una suite de primera con un gran salón con vistas a la ciudad. Era obvio que el negocio del comercio internacional por muy solidario que fuera, le iba bien. No hubo preámbulos, —más tarde en la intimidad de la cama, me confesaría que no teníamos edad para perder el tiempo con preámbulos— se desnudó con facilidad al llevar un vestido de una pieza y de camino al dormitorio se fue liberando de su ropa interior. Yo seguí sus pasos, pero tuve la precaución de dejar mi chaqueta con el móvil en la sala contigua, pues no quería que Fran ni Smith tuvieran detalle de este encuentro, el técnico instalador, me había advertido que aunque el smartphone estuviera apagado, el sistema seguía transmitiendo y en consecuencia gravando.

Cuando nos dimos por satisfechos, me preguntó si me quedaría a desayunar.

—Si estás conforme me puedo quedar, hay quien me echa de su cama de madrugada. —dije bromeando.

—¿Lo dices por Silvia Trasvelez? —respondió Hana— es muy propio de las mujeres casadas, se sienten en la obligación de borrar las huellas del delito.

—Eres muy perspicaz ¿Estás casada?

—Mi marido murió en un atentado en Beirut. Pero no quiero hablar de eso, me entristece. Hoy ya es Navidad, ¿no vas a casa de nadie a celebrarlo?, ¿no tienes familia?

—Tengo dos hermanos y varios sobrinos, pero nunca voy a las celebraciones navideñas, mi trabajo es una buena excusa.

Tengo dos exmujeres que obviamente tampoco me invitan y aunque lo hicieran tampoco iría y no me he buscado más trabajo, porque cuando lo hago para Pita Weiscome necesito unos días para recuperarme.

—Es una gran mujer. Tiene un vínculo muy profundo con mi padre, pero nunca me ha contado nada de su juventud. Creo que hubo algo entre ellos. Aunque aquellos tiempos eran tan convulsos que no creo que tuvieran tiempo para romances.

—El amor surge en cualquier circunstancia.

—Dijo el hombre más promiscuó de la ciudad…ja…ja…ja.

Por la mañana nos duchamos y desayunamos en la habitación. El tiempo había cambiado y empezaba a nevar. El paisaje en el ventanal era distinto al de la noche, cuyas luces navideñas de la ciudad le daban un cariz más entrañable o quizás a mí me lo pareció al combinarse los reflejos de colores con el cuerpo desnudo de Hana.

Hana me preguntó por mi interés por el Capitán, no pude evitar decirle la verdad, era de esas personas a las que costaba ocultarle algo, aunque ya estaba haciendo un esfuerzo para no contarle que me había tocado espiar a su padre muy a mi pesar. Me aconsejó, que si no podía solucionarlo por mis propios medios, que hablara claramente con Pita, seguro que ella encontraba una solución. También me preguntó por Silvia

Trasvelez. Le comenté que era socia en una empresa que se encargaba de organizar premios a la calidad, al esfuerzo, a la innovación y encuentros entre grandes empresas y se codeaba con lo mejor del país. Nos conocimos a través de Pita y descubrimos que teníamos mucho en común, pero según ella seguía muy enamorada de su marido Marco Aurelio.

—Realmente la quieres, se te nota en la cara cuando hablas de ella —sentenció Hana con una expresión de envidia sana en su cara.

Después se puso seria y dijo que tenía que recoger a su padre en casa de Pita y luego tenían una comida en casa de otros amigos. Comentó que para año nuevo tenía que estar en casa, en París. Le dije que no me importaría pasar el año nuevo en París, pero educadamente me dijo que si fuera por allí, no podría atenderme, dándome por enterado que no tenía ningún interés en volverme a ver o al menos en esas fechas.

Antes de vestirnos volvimos a hacer el amor, pero lejos de la pasión que pusimos en el primer encuentro de madrugada, fue como si no quisiéramos que los abrazos se acabaran nunca, había un deseo de permanecer el uno en el otro, sabiendo que en el momento que nos separáramos difícilmente volveríamos a coincidir. Cada uno volvería a su vida y sólo seriamos un recuerdo, una experiencia de la última Navidad, algo tan efímero como mi último tabbouleh o cualquiera de mis platos. Así era mi vida pensé, gotas de felicidad, momentos de placer efímeros y a veces escasos como cualquiera de mis creaciones. De haber querido perdurar, hubiera tenido que dedicarme a la pintura o a la arquitectura o ser un inventor de algo que revolucionara el mundo. Pero mi camino ya estaba trazado, difícilmente me dedicaría a otra cosa que no fuera a la que ya me estaba dedicando y me permitía vivir con cierta holgura. Tal sólo el azar o la suerte, buena o mala podían hacer que mi vida fuera distinta a lo que mi mente se atrevía a visualizar en un futuro más o menos próximo.

Nos despedimos deseándonos lo mejor, con el convencimiento de que aquel encuentro sería difícil de repetir. Hana me acarició la cara, como queriendo tener un último contacto y guardar en la yema de sus dedos el recuerdo de la piel que hacía poco había tenido entre sus brazos. Instintivamente, no sé por qué, solté un frase de Shakespeare que le había escuchado en un sinfín de ocasiones al tío Cesar.

¡Ay! ¡Que el amor tal gentil en la apariencia, haya de ser tan cruel y tirano en la prueba!

Romeo y Julieta —dijo Hana con una sonrisa y después no dijo nada más. Abstraído con el recuerdo de los últimos momentos vividos, casi sin darme cuenta alcancé la calle. Seguía nevando suavemente, apenas molestaban los copos que iban cayendo con paciencia, así que decidí ir andando hasta casa, el Embassy no estaba tan lejos de ella. Era el día de Navidad y nadie me esperaba en ningún lugar, a los sumo mis dos inquilinos inesperados, aunque si no me presentara tampoco creía que me echaran de menos. Pensé en la paradoja de la situación, la paz del momento y las tormentas que sc estaban formando a mi alrededor. Ahora, caminaba por una ciudad tranquila, sosegada o adormilada al ser temprano y festivo, la gente se estaba desperezando con el pensamiento puesto en llegar al medio día en condiciones para celebrar la consabida comida familiar de Navidad. Nevaba con suavidad, lo que acentuaba el ambiente Navideño y nadie, nadie en este justo momento esperaba nada de mí. Sin embargo, sabía que este instante de paz, sería efímero como mis creaciones culinarias, era consciente que el acto de espiar a Pita Weiscome y a su invitado especial iba a traer consecuencias. Todavía no sabía cómo iban a responder Fran y Mr. Smith con respecto a los compromisos adquiridos. Solventar el tema de Ami y el del tío Cesar no iba a ser fácil. Forzar un encuentro con el proxeneta del Capitán tampoco sería sencillo y difícilmente podía imaginar que me depararía dicho encuentro. Las relaciones con Silvia Trasvelez tampoco acertaba a imaginar en un alarde de los míos de intentar adelantarme a los acontecimientos en cómo se iban a ver afectadas, después que Marco Aurelio hubiera traspasado la —zona de exclusión o la tierra de nadie— como la llamaba Silvia, difícilmente nuestra relación iba a ser igual que antes, dadas las circunstancias.

Cuando llegué a casa, encontré al tío Cesar, a Ami y a Lidia la veterinaria, haciendo un "brunch" con los restos de la cena de Pita Weiscome. Cesar dijo que Pita los había hecho llegar con una tarjeta felicitando las navidades y añadió que era un mujer muy considerada. Cesar siempre era muy agradecido con todo aquello que no le costaba dinero. Le pregunté si había tenido alguna noticia de sus acreedores a lo que respondió con un simple no al tiempo que se santiguaba, lo que me extrañó en él, dado que nunca había creído en dioses ni nada por el estilo. Después sacó a relucir mi ausencia nocturna a lo que obvié cualquier comentario. Ami sonrió como pocas veces lo hacía y dijo conocer a la afortunada. Le dije que el afortunado era yo y que tanto ella como Cesar, se metieran en sus asuntos. Lidia por fin intervino y dijo —¡Uy! Parece que ha sido algo serio— después se disculpó diciendo que no era cosa suya y que la perdonara por la intromisión.

Su última pareja todavía no había salido del armario para su familia y en consecuencia no podía compartir mesa con ella en la comida familiar navideña. Lo que le había causado una gran frustración y conocedora de que yo no celebraba la navidad, había pensado en acercarse y compartir estos ratos de soledad que solemos sufrir el grupo social que lo único que desea en silencio es que las fiestas navideñas pasen deprisa, pero por lo visto, no me faltaba compañía señalando a Ami y al tío Cesar.

Por el exceso de maquillaje y la elegancia de sus prendas, intuí que Lidia había mantenido hasta el último momento la esperanza de ir a comer con la familia de su pareja. Para venir a mi casa nunca se había arreglado tanto y mucho menos saliendo de la consulta que estaba en la esquina, apenas la había visto maquillada, más allá de un poco de brillo en los labios y en ocasiones una raya negra en los parpados acentuando su mirada felina. Le dije que estuviera tranquila, podía quedarse el tiempo que quisiera, teníamos comida de sobras y siendo cuatro integrantes sin contar el perro, ya estábamos en disposición de realizar una auténtica comida navideña, lastima no tener lucecitas de colores y guirnaldas para dar el toque final navideño. Sarcásticamente me dio por decir que sólo faltaba que apareciera la dulce Molly Malone, lo que ocasionó que Ami preguntara por ella, el tío Cesar quiso explicárselo, pero le dije que ahora no, que nos concentráramos en comer disfrutando del espíritu de la Navidad, lo que no pudo evitar fue soltar uno de sus soliloquios shakesperianos, que intuí iba dirigido hacía mí.

¡Oíd, caballeros! ¿Por qué motivo me tratáis así? Siempre os he querido; pero no importa, pues por más que haga el mismo Hércules, el gato maullará y el perro ladrará mal que le cuadre.

Hamlet o Macbeth siempre estaban en su cabeza, de alguna manera utilizaba a los clásicos para expresar su desacuerdo o incomprensión o tal vez fuera que no encontraba palabras contemporáneas para decir lo que sentía en estos tiempos modernos.

Comimos, bebimos y jugamos a varios juegos de sobremesa, como una familia corriente en una tarde de Navidad. Me pareció casi un capricho del azar este encuentro en el que apenas discutimos por nada. Lidia se retiró antes de las veintiuna, dijo que quería contactar con su pareja, —la echaba de menos— me dijo al oído, aprovechando para darme un beso en la mejilla— le respondí con una frase sacada de "El idiota" de Dostoievski — A veces uno desea tener al lado a un ser querido— aunque en la historia no se refiriera a ello de una forma romántica. La reseguí con la mirada hasta que llegó a su casa, pues vivía en un pequeño apartamento encima de su consulta veterinaria, un lugar que me traía buenos recuerdos. Antes de entrar en su portal se giró hacía mí, consciente de que no la había perdido de vista un instante y alzó la mano para despedirse.

Al ir a cerrar la puerta, me pareció ver salir una nube de humo, como la que desprendería un fumador en la esquina contraria a la de Lidia. Me detuve un instante a observar la situación pero no detecte ningún rastro de vida alrededor. Iba a cerrar la puerta con todas las cerraduras disponibles y la cadena de seguridad, aún a sabiendas que cualquier profesional sería capaz de tirar abajo esa puerta que hacía años estaba pidiendo un cambio, cuando Cesar me dijo que no cerrara nada, porque tenía que sacar a hacer sus necesidades a Nadie. Le dije que fuera con cuidado, tenía la impresión de que alguien vigilaba la casa. Ami dijo que le acompañaría, necesitaba estirar las piernas, insistí en que los dos tuvieran cuidado.

¡Oh! ¡Salvadme y guarecedme con vuestras alas, celestes guardianes! ¿Qué deseáis, sombra venerada?

El tío Cesar no pudo evitar decir una de sus frases célebres, pero insistí en que tuvieran cuidado, la sombra que me había parecido percibir, seguramente no tenía nada de venerable.

Diciembre 26 09:00:00

La noche no nos trajo nada nuevo. Por la mañana encontré a Ami preparando el desayuno. Me dijo que "mis chicas" refiriéndose a las mujeres que habían convivido en la casa, habían abandonado mucha ropa, pero que necesitaba ropa interior. Le dije que la podía pedir por internet, podía usar una de mis cuentas mientras normalizábamos su situación. Me preguntó por qué era tan amable con ella, por qué la ayudaba tanto y si esperaba que me lo pagara de alguna manera. Intenté explicarle que en este mundo todavía quedaba gente honrada o desinteresada o solidaria o simplemente con principios, aunque cada vez éste tipo de gente fuera más escasa. Su experiencia personal, lo que ella había vivido, no debía ser motivo para desconfiar de todo el mundo. Yo no era un santo, tenía un montón de defectos, dos mujeres me habían abandonado, sus motivos tendrían. Resumiendo, no sabía explicarle qué razones tenía para ayudarla o qué me motivaba a ello. Tan sólo se habían dado las circunstancias y lo hacía porque podía hacerlo. Tal vez en otra situación de mí vida la hubiera abandonado en aquella calle donde se desplomó y me hubiera marchado en el taxi como si nada hubiera sucedido. A posteriori, tal vez, hubiera estado dos o tres días pensando en aquel encuentro y quizás me hubiera quitado el sueño durante unas noches, pero con el paso de los días lo habría ido olvidando hasta convertirse en una anécdota más de mi azarosa vida. Le hablé del príncipe Myshkin el protagonista de la obra "El Idiota" de Dostoievski, un hombre que se empeñó en tratar solamente con gente buena y no dañar a nadie y que tan sólo por eso ya trataban de idiota. Le dije que en muchos aspectos, aunque sin llegar a esos extremos, yo aspiraba a ser como él y en consecuencia hacía mucho tiempo que había decidido no perjudicar a nadie.

—Pues Marco Aurelio sí que parecía un poco perjudicado por tu comportamiento —dijo Ami, casi sin pensarlo, como queriéndole quitar razones a mi retórica. No quise defenderme al respecto, porque el tema de Marco Aurelio si no fuera conmigo sería con otro, porque era algo que él mismo había propiciado.

Por un lado me molestó que fuera tan incisiva, pero por el otro me gustó que estuviera más combativa, de alguna manera empezaba a salir su carácter que hasta ese momento había permanecido como dormido o aletargado, debido probablemente a la explotación a la que había estado sometida. Para cerrar el tema le dije que no debía concentrarse en lo que ella creía una deuda conmigo y que no se preocupara en tener que ofrecer ninguna contrapartida. Finalmente le recordé lo que diría mi padre si estuviera aquí, él diría que ella, no era una "relación de interés".

Te espero en la cafetería de siempre a las 11:00, se puntual.

Un mensaje de Francisco Javier dio el disparo de salida a lo que parecía iba a ser el final de la paz navideña, la tregua que nos había dado las celebraciones familiares.

La llamada de un número desconocido se añadió al inicio de las cosas que iban a suceder. Descolgué con desgana, sabiendo que la llamada de un número desconocido difícilmente trae nada bueno. Se identificó como la señora de Wifredo Passioni, el Capitán. La reconocí al instante por su peculiar voz rota, pero ella insistió en dar detalles de cómo nos habíamos conocido para que la identificara y que Pita Weiscome le había facilitado mi teléfono. Dijo llamarse Rita Garzosa pero que la llamara Rita, algo que no recordaba haber escuchado durante nuestro encuentro en la fiesta de Noche Buena, ni nombre, ni apellido. Después de los saludos de rigor, fue directamente al grano y me pidió si cocinaría para ellos la noche del fin de año, pero tuve que decirle que tenía todas las fechas navideñas comprometidas, aunque no era cierto. Simplemente no me apetecía estar en casa del Capitán, un ser despreciable a todas luces, sin embargo me pareció una buena ocasión para conocer el hábitat del individuo en cuestión. Así que le propuse pasarme por su casa para ver la cocina básicamente y hablar de alguna posible fecha pasadas las fiestas navideñas. Quedamos en vernos a lo largo de la jornada, ella confirmó que estaría en casa todo el día, después me envió un mensaje con la localización de su casa.

Deje a Ami navegando en internet buscando ropa interior y al tío Cesar desayunando después de haber sacado al perro a hacer sus necesidades. Como un padre responsable, les dije que no abrieran a nadie y cualquier cosa que sucediera que me llamaran inmediatamente. Hicieron como si no me hubieran oído y ni siquiera el tío Cesar me deleito con una de sus frases míticas.

La nevada de la noche había dejado un ambiente limpio, las aceras estaban cubiertas de nieve, pero las calzadas ya estaban despejadas para circular. Era una Navidad extraña, el clima de la ciudad por más frio que hiciera, no era propicio para las nevadas, de alguna manera ésta Navidad era muy distinta a otras pasadas en muchos aspectos, me dio por pensar. Me acerqué al portal donde me había parecido ver flotar una nube de humo y efectivamente en un rincón de la puerta estaba lleno de colillas, me llamó la atención que eran restos de tabaco negro, cada vez es más reducido el número de personas que fuman y todavía más los que fuman tabaco negro. Alguien nos había estado vigilando, aunque desconocía con qué fin, y por qué no lo seguía haciendo de día. Las posibilidades eran infinitas, podía ser alguien relacionado con las apuestas del tío Cesar, quizás era el tipo del pelo engominado que intuía que Ami seguía en la casa, tal vez era algún secuaz de Mr. Smith o alguien relacionado con Khalil y Pita, dado que ambos se habían quedado sorprendidos de mi conocimiento sobre la persona de Khalil y habrían querido cerciorarse si me relacionaba con alguien que les pudiera perjudicar en cualquier cosa en la que estuvieran metidos. En resumidas cuentas me parecía un cúmulo de situaciones absurdas que de manera azarosa me habían atrapado.

Llegué a la cita con Francisco Javier a la hora señalada, estaba en la misma mesa apartada que el día que nos encontramos con Mr. Smith, pero en esta ocasión estaba sólo. Iba tan elegante como siempre, como el Gran Gatsby, como si no pudiera ni por un día vestir de una manera más deportiva o desenfadada o de diario que diríamos la gente de a pie. Era como si para él todos los días fueran festivos.

Se levantó educadamente para estrecharme la mano, y le ofrecí la mía por cortesía, dado que no tenía ningún interés en mantener ninguna relación con él, más allá de que cumpliera con los dos compromisos que había adquirido de solventar el tema del tío Cesar y de Ami.

—¿Qué tal las grabaciones? ¿Han servido de algo? Pregunté sin interés alguno.

—No tengo ni idea, eso se encarga Smith y compañía, si sale algo de interés lo traspasaran a otros niveles. A mí no me contaran nada.

—¿Para qué me has llamado?

—Verás, el tema de la chica que te llevaste a casa, está un poco más complicado de lo que parece. No sólo se trata de extraerla de los que la tienen explotada, es que además es ilegal, con lo cual habría que deportarla.

—Estoy seguro que podríais arreglarle los papeles sin demasiado embrollo. Haz algo decente en tu vida por una vez.

—¿Qué interés tienes con esa chica?

—Ninguno, pero un país que permite el tráfico de personas, debería hacérselo mirar.

—Escoffier...Escoffier..., nosotros no vamos a cambiar el mundo. Emmy siempre me recuerda lo ingenuo que eres. A la pobre era algo que la superaba, siempre ayudando cuando nadie te había pedido que lo hicieras. Las veces que me ha contado lo obsesionado que estabas con la lectura de "El Idiota" de Dostoievski y lo mucho que te parecías o te esforzabas en asemejarte al príncipe Myshkin, aunque en más de una ocasión me ha dicho que eras capaz de superarlo en idiotez.

—Bueno, así soy yo, pero no estamos hablando de mí. Yo he cumplido mi parte, ahora vosotros cumplid la vuestra. Creo tener localizado al individuo que está metido en ese negocio, la chica lo identificó en la fiesta de Noche Buena. Un tal

Passioni, le llaman el Capitán. Hoy he quedado con su mujer, quieren que cocine para ellos, ella se llama Rita Garzosa.

—¡Garzosa! Es la hermana del juez Garzosa, creo que estuvo en vuestra cena. Hablaré con Smith, por si tiene alguna conversación grabada. Si vas a verla, ves con mucho cuidado, son gente poderosa.

—¿Has escuchado lo que te he dicho? Passioni está metido en el tema de la prostitución. Por cierto, envíame al técnico para sacarme el programa espía ese del móvil, no voy a estar pendiente todo el día de que me estéis gravando.

—¡Vale!, te lo mando. Puede que tu chica se equivoque.

—No es mi chica, y cambiando de tema, qué hay de lo de mi tío.

—Eso lo lleva Smith, tiene buenos contactos con la fiscalía y los que controlan el tema del juego. Haré lo que pueda por tu "no chica", pero no te prometo nada.

Me levanté de la silla, convencido de que Fran poco o nada iba hacer para solucionar las cosas. Era obvio que me había utilizado para salir del paso, quizás Smith lo había presionado y había pensado en mí como víctima propiciatoria para avanzar hacía sus intereses. Daba la sensación que no quería implicarse en ninguno de los temas que nos ocupaban. Era la típica situación que le había sobrevenido y lo había resuelto pensando en una estrategia dilatadora para que le dejaran en paz, una técnica muy extendida entre los funcionarios de alto rango que sólo quieren vivir de su privilegio sin complicaciones. Incluyéndome en sus mierdas, siendo conocedor de mi ingenuidad por no decir mi idiotez de la que tanto le gustaba hablar a Emmy. Debía tener una charla con ella al respecto. Antes de irme le insistí a Fran para que Smith contactara conmigo.

Le di al taxista la ubicación que me había pasado Rita Garzosa, en la radio voceaba los últimos escándalos políticos el famoso locutor que acudió a la cena de Pita y dijo de invitarme a su programa, confiaba en que por el momento se olvidara del ofrecimiento o que cuando lo dijo fuera tan bebido que ni siquiera lo recordara. Le pedí al taxista si podía apagar la radio, lo hizo automáticamente sin preguntas y sin comentarios, le di las gracias, pero tampoco obtuve respuesta, era un tipo callado, uno de los pocos pensé para mí.

Rita Garzosa vivía en un edificio con solera en el centro de la ciudad, de los que todavía tenían conserjería. El conserje hizo una llamada y después me indicó que me esperaban en el ático. El ascensor conservaba su estilo modernista, ascendía lentamente probablemente por alguna cuestión de seguridad. Una mujer madura vestida con ropa de sirvienta me abrió la puerta. Me dijo que la siguiera hasta llegar a una especie de biblioteca —La señora vendrá ahora— soltó sin más y desapareció. Las estanterías estaban repletas de libros, por eso pensé que era la biblioteca, sin embargo, caí en la cuenta de que no había ningún retrato familiar, ninguna fotografía de los hermanos o padres o de la propia Rita sola. Tampoco había ninguna pintura en las paredes, uno se imagina que sería el lugar adecuado para que un retrato de Rita Garzosa más joven, o del Capitán presidiera aquella estancia. Era un lugar para leer, pero al parecer, no para recordar tiempos pasados.

Rita Garzosa apareció como un torbellino, pidiendo disculpas por hacerme esperar. Iba tan bien peinada como cuando la cena en casa de Pita, lo que lo hacía incompatible con sus prendas de vestir, dado que lucía una bata con transparencias, más propio de alguien recién levantado. La bata dejaba entrever un camisón o salto de cama que apenas le cubría los pechos y dejaba sus muslos al aire. Pensé que cuando fue joven debió tener un cuerpo escultural.

—Disculpa la espera, Bibi, ¿Te puedo llamar Bibi? Es que hablando con Pita se me ha pegado, y ya casi eres como de la familia.

—Si, no hay problema Rita. —respondí tomándome la misma libertad de llamarla por su nombre y tutearla.

—Pero salgamos de esta habitación horrible, no sé por qué te han traído aquí, ¡la odio!

—Bueno, si te gusta la lectura, no está tan mal.

—A mí no me gusta leer. Prefiero que me cuenten cosas. Todos eso libros son de mi hermano Adriano, de cuando vivía aquí. Siempre le digo que se los tiene que llevar, pero no me hace ni caso.

—El juez Garzosa, ¿Se llama Adriano? —pregunté como mostrando cierta inquietud, lo que hizo que Rita se sorprendiera. Le tuve que explicar que no era nada personal, simplemente que había adquirido cierta fobia hacia los que ostentaban nombres de emperadores romanos. No pudo contener una carcajada. Después se puso seria y me preguntó que cómo sabía que el juez era su hermano. Le dije que alguien en la fiesta me lo había dicho, luego cuando se identificó con su nombre completo los relacioné y además no podían esconder su semejanza, aunque ella era mucho más guapa. Esto último acabó de relajar la situación.

Me llevó por todas las estancias de la casa, un ático dúplex que abarcaba las cuatro esquinas del edificio. Acabamos en la cocina. Había una pareja de apariencia filipina preparando alguna comida. La cocina no estaba tan bien preparada como la de Pita, pero era digna de estar en el top ten de las cocinas caseras. Le pregunté por su marido, como si fuera una pregunta de cortesía sin importancia. Me miró con cierta desconfianza, como si no viniera a cuento introducir a Passioni en la conversación. Respondió con cierta desgana.

—Supongo que andará por los muelles. Estos días hay mucha actividad de importación y exportación.

—Si, lo entiendo. ¿Cómo se llama la empresa dónde está?

—¿Por qué? Estas interesado en el negocio de la importación.

—Bueno, nunca se sabe, pero tengo algún conocido que podría interesarle.

—Realmente, Wifi, así llamo yo a Wifredo, realmente él no está en una empresa en concreto, digamos que aporta su experiencia y colabora con diferentes actores del negocio. Es un asesor por decirlo de alguna manera, pero freelance. En cualquier caso, si estás muy interesado le puedes contactar. Te enviaré sus datos al móvil. Aún no hemos hablado de la cena, para lo que has venido.

—Tienes razón, decide tú el día que te vaya bien después de fiestas. Deja unos días de margen para que la gente se recupere de tanta fiesta familiar, las navidades son una maratón de comilonas. Me dices los comensales, sus gustos, si quieres algo especial, las intolerancias si las conoces, si compro yo el producto o te encargarás tu y ya concretaremos el menú en el último momento.

—¿Vendrás con aquella chica tan mona que te ayudaba en la cena de Noche Buena? —dijo Rita con cierto tono misterioso, como si de alguna manera ella supiera la procedencia de Ami, o simplemente era fruto de la casualidad que le diera esa entonación a la pregunta de una manera inocente y casual, sin conocer realmente nada de lo que sucedía a su alrededor con respecto al tráfico de personas.

—Pues no lo sé, porque ahora el mercado laboral está muy mal y la juventud no tiene constancia. Es buena chica, pero no sé si me durará —dije a modo de excusa, sabiendo que pasara lo que pasara, no iba a hacer venir a Ami a aquella casa para encontrarse con su explotador.

Cuando me despedí le pregunté si tenía perro el Capitán, Rita respondió que no, con cierta cara de asombro por la pregunta. Le dije que no se preocupara, que tan sólo había imaginado que pudiera tenerlo. Supongo que Rita aceptó el comentario como una excentricidad más de un chef, algo a lo que todo el mundo estaba habituado. Era algo que tenía en la cabeza desde el día que Hana me presento a Wifredo. Lo había imaginado como un padre de familia ejemplar y con perro al que querer y acariciar, mientras se iba enriqueciendo a través de la explotación de seres humanos.

Del centro de la ciudad a casa, en la zona antigua, no había mucha distancia, así que a pesar de la nieve que había en las aceras decidí ir paseando con el deseo de que el paseo me ayudara a despejar las ideas. No sabía que pensar de Rita Garzosa, era una mujer extraña en muchos aspectos, por un lado parecía muy pueril, por otro muy astuta. Le gustaba presumir de cuerpo a pesar de haber sobrepasado los sesenta de largo. Quien tuvo, retuvo, decía mi abuela. Tenía ese aire de madame, que si no fuera porque era la hermana de un juez, creería que estaba relacionada con los negocios sucios de su marido, podría pensar que quizás el negoció se inició cuando se conocieron y ella regentaba algún tipo de club de alterne, pero siendo la hermana del juez nada de eso era factible porque era seguro que procedían de una larga dinastía de gente bien situada. Lo más normal era simplemente que tuviera esa imagen de estrella del cine clásico porque así lo había decidido. En definitiva pudiera ser que tan sólo fuera un producto o una víctima de su época y mi imaginación se estaba desbordando en demasía. Me planteaba contactar con Wifredo Passioni directamente en cuanto Rita me pasara el contacto, para ver qué clase de persona era y como se desenvolvía ante alguna pregunta incomoda y ya puesto, también pensaba en hablar con el juez Adriano Garzosa si Fran o Smith no lo impedían.

Se aproximaba la noche vieja y no me había comprometido con nadie para cocinar. Por primera vez en mucho tiempo no tenía excusa para no ir a alguna celebración, sin embargo como mí entorno sabía de mi animadversión a ese tipo de fiestas, ya daban por descontado que no estaría disponible para nada, ni para nadie, así que ya no se molestaban en invitarme. La noche vieja, el último día del año, la noche llena de promesas y esperanzas. Promesas que no se cumplirán y esperanzas que no dejaran de serlo. Lidia me dijo en una ocasión que era un tipo lleno de esperanzas, y que de alguna manera eso era lo que hacía que siempre tuviera un actitud positiva hacia los demás, de alguna manera siempre estaba esperanzado en que todo el mundo fuera mejor, como las mujeres que me abandonaron, que al hacerlo fuera para su bien, que su existencia mejorara después de la ruptura y en consecuencia ellas también fueran mejores y después cogía esos buenos deseos hacía los demás y los ocultaba en la papelera de reciclaje, soltando alguna de mis impertinencias como si nada ni nadie me importara. Como buena veterinaria, creo que había sabido leer dentro de mí, como en cualquiera de sus animalillos que no tenían voz para decirle lo que les pasaba.

Quizás me precipité al negarte mí hospitalidad. Es probable que resuelva mis obligaciones antes de tiempo y si pueda atenderte el fin de año en París.

Estando próximo a casa me llegó este mensaje de Hana, con una carita sonriente. Eche de menos que no hubiera un emoji con un beso o un abrazo, pero lo atribuí a su cultura o sus costumbres o quizás tal sólo era que no quería expresar demasiado compromiso o entusiasmo. No sería fácil conseguir un billete de avión a París a estas alturas, pues todos aquellos que habían previsto abrazar el año nuevo en París, hacía meses que disponían de su billete y alojamiento, en definitiva era la ciudad del amor. Además también me inquietaba dejar al tío Cesar y la joven Ami sin haber resuelto sus problemas e imaginaba que podía suceder de todo en mi ausencia, aunque la cruda realidad era que lo que tuviera que suceder, sucedería, estuviera o no con ellos.

Esta la cosa complicada, ya te lo confirmaré.

Le respondí con un mensaje neutro, más propio de una transacción comercial que de un amante y ni si quiera le puse un emoji que suavizara la respuesta o diera una muestra de afecto. Ella me contesto con un "OK", que por lo que tenía entendido, en el mundo de la mensajería, aunque era algo concreto, tenía un índice elevado de desaprobación o de final de conversación poco amigable.

Al llegar a casa, Ami intentó enseñarme en la tablet, toda la ropa interior que se había comprado, le dije que no era necesario ser tan explícita y que sólo me dijera lo que se había gastado. Me dijo que era un reprimido, pero luego nos miramos y siendo conocedora de mis andanzas amorosas, se dio cuenta que había dicho una tontería y nos reímos. Me dijo que Cesar había salido con el perro hacía un buen rato, quizás estaba tardando más de lo habitual y recordó una frase que soltó antes de salir, como hablando para sí mismo —*Una desgracia va siempre pisando los talones a otra*— Probablemente una de las frases sacadas de sus tragedias Shakesperianas. Le llamé al móvil pero no contestaba. Envié un mensaje a Francisco Javier para poder contactar con Smith, por si habían avanzado alguna cosa con el tema de Cesar o si tenían constancia de algún movimiento de la gente de las apuestas con la que se había relacionado.

Al cabo de un rato, recibí un mensaje en el móvil cómo el que había recibido en casa de Pita, a través del sistema que me habían instalado, por lo que no identificaba el origen, aunque supuse que el tal Smith estaba detrás de todo.

Nos vemos en la cafetería de siempre a las 20:00

Pospuse la llamada para un posible encuentro con el Capitán, dadas las circunstancias, se me acumulaban los frentes abiertos. Me preguntaba si la cita estaría relacionada con la desaparición de Cesar y si Mr. Smith habría cumplido con alguna de sus promesas, y tal vez de alguna manera ya hubiera exonerado de la deuda al tío Cesar, o quizás ni siquiera se había molestado en hacer nada. Por otro lado, no sabía si preocuparme por él, en definitiva había llegado a una avanzada edad sobreponiéndose a todo, incluso a sí mismo.

Para hacer tiempo me dediqué a buscar billetes de avión destino París, todavía sin estar convencido de ir al encuentro de Hana, en definitiva sus mensajes tampoco mostraban un gran deseo o entusiasmo de reencontrarnos. Era una mujer fascinante y estaba claro que me había "cautivado", una palabra que utilizaba mucho Silvia Trasvelez, cada vez que veía como me atraía una mujer que no fuera ella. Le gustaba jugar a la amante despechada, cuando en realidad le daba lo mismo con quien estuviera, o al menos eso intentaba aparentar.

Llamaron a la puerta y como no esperábamos a nadie, Ami y yo nos miramos con cierta inquietud, dado que a Cesar le había dado una copia de las llaves de la casa.

Al tardar en abrir, el visitante gritó —¡Escoffier! Abre, sé que estás ahí, soy Smith.

Abrí la puerta y efectivamente, ahí estaba Smith, acompañado por el técnico que había instalado el programa espía en mi móvil. Le pregunté qué hacía en mi casa, habíamos quedado en la cafetería a las 20:00, dijo que así era, pero que algunas circunstancias habían cambiado y tenía que hablar conmigo urgentemente.

—Así que ésta es la bella joven que te tiene encandilado —dijo Smith con una mirada lujuriosa, que hacía más desagradable sus facciones si cabía.

—Eso lo dices tú, pasemos a la cocina y que tu secretario me vaya quitando el programa ese del móvil.

Nos sentamos alrededor de la mesa donde desayunábamos, pero no le ofrecí nada de beber ni de comer, porque cada vez se me hacía más desagradable estar frente a él, no quería que

113

ni un vaso de la casa tocara sus repugnantes labios. Más por cortesía que por interés, le pregunté si habían sido de utilizad las grabaciones que habían obtenido en casa de Pita. Se encogió de hombros y dijo que no tenía ni idea, que su misión sólo era obtenerlas y que luego otros ya decidirían si tenían algún valor. Después hizo una pausa como queriendo enfatizar la gravedad del momento y seguidamente soltó el verdadero motivo por el que estaba allí y no había podido esperar a nuestra cita en la cafetería.

—Ha fallecido —dijo Smith, haciendo otra pausa dramática, lo que en cierta forma me recordaba al tío Cesar con sus puestas en escena.

—¿Quién ha fallecido? Exclamé, con la preocupación de que se refiriera a Cesar.

—Román Guillem, el individuo que tenía atrapado con la deuda a tu tío Cesar. El de las apuestas, el propietario del perro que ahora pasea por ahí tu tío. Estuvimos en su central, para intentar resolver el tema de la deuda, pero nos encontramos con el marrón del fallecimiento. Todos con los que hemos hablado coinciden que el último en verlo con vida fue tú tío Cesar, justo el día que desapareció con el perro. Por supuesto lo hemos dejado en manos de la policía, pero sería conveniente que se entregara cuanto antes o por lo menos antes de que lo encuentren los socios del tal Román, creo que el tema de la deuda ha quedado en un segundo plano.

—Mi tío Cesar sería incapaz de matar una mosca, dile a la policía que busque en otra dirección y no pierda el tiempo con un anciano desvalido.

—Cesar es más combativo de lo que crees, tuvo una juventud movidita y siempre estuvo presente en los actos más violentos de la época.

—¡Ya! Pero eso fue hace mucho tiempo, ahora no está para movidas.

—¡Ay! Escoffier, que poca fe tienes en los ancianos. Crees que Khalil o Pita Weiscome son incapaces de romper un plato o que tu tío no mataría una mosca, pero la edad no es impedimento para seguir siendo lo que eras, mi madre decía "el que nace lechón muere cochino".

Escuchaba a Smith y parecía deleitarse con lo que me estaba contando, mientras yo pensaba que ese refrán que atribuía a la sabiduría popular de su madre, realmente describía su personalidad, pues imaginaba que por más años que pasaran y envejeciera, Smith seguiría siendo igual o peor, porque su carácter insoportable se acentuaría y la decrepitud de su aspecto lo haría todavía más insufrible.

Insistí en que mi tío era incapaz de matar a nadie y Smith insistió en que en cualquier caso, si daba señales de vida, le avisara o fuéramos directamente a la comisaría y se entregara, allí estaría más seguro. Con respecto al tema de la deuda, todo quedaba en el aire a expensas de ver cómo se comportaban los socios del fallecido. Aproveché para preguntarle por el tema de Ami, pero me dijo que eso estaba en manos de Francisco Javier. Era como si se tiraran la pelota el uno al otro.

El ayudante de Smith me devolvió el móvil diciendo que ya estaba resuelto, pero sabía a ciencia cierta que aquel aparato ya no sería el mismo y no podía confiar en que de alguna manera me siguieran espiando, así que mi primera tarea de la mañana sería comprar uno nuevo.

En el momento que despedía a Smith y su acompañante en la puerta, apareció un mensajero. Miré a Ami y dijo que sería lo que ella estaba esperando, le dije que había llegado muy rápido, confesó que había pagado la tarifa premium de entrega rápida, no dijimos nada, pero supuse que leyó mi cara de desaprobación. Cuando Smith ya se había alejado unos pasos de la casa, no pudo evitar decir —Cuida bien a esa muñequita, no podemos permitir que le suceda nada— Lo que parecía ser a simple vista un buen deseo, sólo con ver su cara y el tono baboso de la frase, hacía que te dieran ganas de que le sucediera lo peor.

Cuando nos quedamos solos, Ami abrió la caja que estaba esperando. Obviamente era la ropa interior que había pedido con urgencia. Empezó a ordenarla sobre la mesa del comedor, separando sujetadores de bragas, pero todo eran el mismo modelo y de color negro, bragas tipo pantalón corto o short y sujetadores sin cierres, ni copas, ambos podían usarse como ropa interior o ropa de fitness, nada sexy ni glamuroso, para lo que yo estaba acostumbrado a ver en las mujeres de mi edad. Mientras iba abriendo, me preguntó que pasaba con Cesar, le dije que ya hablaríamos, pero no se quedó conforme, pero en ese momento apareció una pequeña caja a mi nombre debajo de todo.

En la caja había un móvil nuevo, una sim, un billete de avión sólo de ida a París para el día 30, la víspera del fin de año, una llave, una USB y una nota que decía "PARA ENTREGAR A HANA" GRACIAS. Nota: No vuelvas a contactar con ella con tu móvil. Es de vital importancia que la llave y la USB lleguen a sus manos.

Nos quedamos un rato en silencio. Yo no sabía cómo encajar aquello y supuse que Ami no sabía realmente qué preguntar. Los días navideños se estaban enmarañando más de lo normal, los días de celebraciones, comidas, regalos y festividades, se habían convertido en días extraños. El tío Cesar estaba desaparecido y con una posible causa de asesinato detrás de él. Lo que había parecido una invitación de lo más normal a pasar el fin de año en París, casi se había convertido en una obligación envuelta en un perfume de alto riesgo y la situación de la joven Ami parecía enquistada, pero ahora no tenía tiempo para ella, así que le pedí que tuviera paciencia, aunque valoré que todavía tenía un par de días para presionar a Francisco Javier de una manera u otra con lo suyo.

En mi teléfono personal recibí un mensaje de Hana, probablemente estaba al corriente del paquete que me había llegado, pero no sabía nada de la advertencia que había en la nota de no contactar con mi móvil.

No tienes que hacerlo —adjuntando el emoji de la carita apesadumbrada.

Intuí que era algo importante para ella, pero quería exonerarme de la responsabilidad que alguien me había atribuido o impuesto, tal vez su padre Khalil o la propia Pita Weiscome en nombre de él. Así que respondí el mensaje como quitándole hierro al asunto.

Lo haré. En esta vida no todo es cocinar, necesito un cambio de aires. — Y añadí una carita sonriente. No me importó que Smith o su troupe estuvieran al caso. En definitiva era libre de moverme a mis anchas como quisiera, o al menos eso creía.

Obviamente mi pensamiento no era tan decidido ni optimista como quería aparentar mi mensaje. En esta ocasión era incapaz de proyectar mis actos futuros o visualizar situaciones a las que pudiera adelantarme o protegerme previendo alguna actuación que me evitara cualquier trastorno inimaginable. Si Miriam, mi primera mujer estuviera aquí, me diría que no sufriera antes de tiempo, que lo que tuviera que ser o suceder, sería o sucedería. Otra persona llena de esperanzas, aunque nunca tuvo la esperanza que yo pudiera cambiar.

Durante la noche seguí llamando al tío Cesar por si era capaz de responder y aclarar la situación, pero sólo saltaba el buzón de voz, con una de sus frases célebres de Macbeth:

¡He debido de morir una hora antes de este suceso, y hubiera terminado una vida dichosa! —deja tu mensaje.

Telefoneé a Francisco Javier, para insistir con el tema de Ami, por si se podía acelerar algo antes de que me fuera a París y ver si tenía alguna información respecto a la muerte del tal Román.

El teléfono de Fran lo descolgó Emmy, al instante la reconocí.

—¡Buenas noches! Cocinero —dijo con cierta sorna.

—Tu funcionario de alto rango, ¿te deja que le abras el móvil?, puede tener muchos secretos de estado, ahí guardados. —Igual que a Emmy le gustaba enfatizar el nombre de "cocinero" en un intento de desmerecer la profesión, yo también enfatizaba lo de "funcionario de alto rango" lo cual me parecía una cursilada por no decir otras cosas más despectivas.

—Francisco Javier está en la ducha y no tiene secretos para mí. No como tú, que parece que ahora te has encoñado con una jovencita senegalesa, desde luego no tienes miramientos.

—Te han informado mal, o no has entendido nada…como siempre. Hazme un favor, cuando Fran salga de la ducha dile que me llame, es algo urgente…y por cierto la que si tiene secretos para él eres tú y olvídate de eso que él no tiene para ti.

—Siempre poniendo el dedo en la llaga…cómo eres. No te prometo nada, ya sabes que tiene muchas responsabilidades.

—Si, por supuesto, sobre todo a estas horas… dile que me llame.

Con Emmy siempre habíamos mantenido una buena relación, pero nunca perdía la ocasión de recriminarme alguna cosa, en cierta forma era como si no quisiera desprenderse de mí del todo, aunque su funcionario de alto rango la colmara de detalles y la llevara en bandeja o la mantuviera en el estrato social que más deseaba, cuando había cocinado para ellos en su casa, había percibido en su mirada y en sus gestos, que todavía conservaba o sentía cierta nostalgia de nuestra relación pasada. Esa nostalgia había alcanzado su punto máximo, la última vez que me pidieron preparar una cena de nivel en su casa, como a ellos les gustaba nombrar, pues durante los preparativos de la mañana, hicimos el amor en la cocina, un hábito que habíamos perpetuado a lo largo de nuestra vida en común en nuestra casa. Después vino el arrepentimiento y me prometió que no volvería a suceder y por favor que fuera discreto con Fran. Obviamente no era necesario ni hablar del tema. Por eso le recordé durante la conversación telefónica que ella si tenía algún secreto que guardar.

Diciembre 27 07:00:00

Como era de esperar, Fran no llamó por la noche, apenas pude dormir pensando por dónde andaría Cesar y si estaría bien. A primera hora le envié un mensaje a Fran diciendo que pasaría por sus oficinas, me respondió que estaban cerradas por las fiestas navideñas, que sólo había un retén de servicios mínimos y que hasta pasado el año nuevo no abrirían. Después dijo de vernos en la cafetería de siempre, sobre las 10:00.

Mientras preparaba el desayuno, puse la radio. Hablaba el sustituto del locutor titular, al que conocí en la cena de Pita Weiscome y al parecer lo estaban sustituyendo por vacaciones navideñas. Lo cierto era que no había mucha diferencia entre el titular y el suplente, porque éste último no salía del guion establecido por la política de la casa o la línea editorial, como a ellos les gustaba decir. Las noticias internacionales eran las repetidas a diario, los bombardeos en

Gaza, Beirut, la guerra de Ucrania, las deportaciones en EE.UU, los incumplimientos nucleares de Irán y la guerra abierta contra ellos por Israel con ese pretexto, etc. Eché de menos que hablaran de las diferentes zonas de conflicto en África que al parecer no eran tan mediáticas.

Ami apareció por la puerta de la cocina luciendo su nueva ropa interior. Le pedí que se vistiera, y le dije que aunque le había asegurado que no tenía por qué preocuparse por mí, no era de piedra y tenía mis debilidades. Me dijo que era un "antiguo" que en definitiva era como ropa de fitness, le dije que yo era de la época de la ropa deportiva holgada, me volvió a llamar "antiguo" pero afortunadamente me hizo caso. Al instante apareció vestida con los mismos vaqueros de los últimos días y el jersey de licra que realzaba su pecho. Podía haberle dicho que seguía estando impactante por mucha ropa que se pusiera, pero preferí no iniciar ese camino.

Después de desayunar le expliqué que iba a ver como estaba lo suyo. Le pedí que sobre todo no abriera a nadie y que estuviera pendiente por si regresaba Cesar.

—¿Te marcharás a París, el fin de año? —dijo Ami antes de que saliera.

—Tenía mis dudas, pero tengo que ir, me lo han puesto muy fácil.

—No estarás metiéndote dónde no te llaman.

—Bueno, ya tengo experiencia en eso —dije mirándola a ella de arriba abajo, dándose por aludida.

—Me gustaría estar en París un fin de año.

—Bueno, quizás, el día que tengas los papeles en regla lo puedas hacer, no hay que perder la esperanza.

—¿Y qué voy a hacer aquí sola?, si no aparece Cesar.

—Ya buscaremos una solución, no te preocupes. No me esperes para comer, todavía hay restos de la cena de casa de Pita y si no, ya te sabes cuidar tu solita, hay mucha cosa en la nevera…y no abras a nadie.

—¡Oui, papa!...Por cierto antes de irte a París, me has de contar quién era la dulce Molly Malone.

—Esperaremos a que vuelva Cesar para que te lo cuente él— Ami me respondió en forma de broma "Si, papa" en francés, ante el cúmulo de advertencias que le hacía, lo que suelen responder todos los hijos con un cierto hastío ante la suma de advertencias de sus progenitores en cualquier situación que pueda suponer un peligro para su integridad física o mental, pero la realidad era que por edad sí que podría ser mi hija, por alguna extraña razón que todavía no alcanzaba a explicarme, me sentía responsable de lo que le pudiera pasar de ahora en adelante.

A penas quedaban restos de nieve en las aceras. Pasé por el portal donde el día anterior había visto un montón de colillas, pero en esta ocasión no había ningún resto de ellas. El que estuviera vigilándonos había considerado que no merecía la pena seguir haciéndolo o quizás ya había cumplido con su objetivo. Tal vez tuviera que ver con el tema del tío Cesar y quizás ya lo tendrían en sus manos o a saber lo que le podrían haber hecho. Aunque pensándolo fríamente, qué ventaja iban a sacar de eliminar a un anciano que además les debía un montón de dinero.

No tardé en llegar a la cafetería, el tráfico era bastante fluido coincidiendo con el periodo vacacional, los únicos que se movían eran repartidores y proveedores y aquellos que tenían prisa por devolver los regalos de Navidad y cambiarlos por alguna otra cosa de su interés. Me dio por pensar en aquellos cuya máxima preocupación era comprar el regalo adecuado o preparar la comida o cena navideña correspondiente, en aquellos que se podían tomar unos días de fiesta en su trabajo y olvidarse durante ese periodo de la rutina diaria. Una parte del mundo se podía contentar con esos actos tan básicos de regalar, cocinar o celebrar en familia el día señalado, sin mayor complicación que el deseo de querer hacerlo, mientras en otras partes del mundo se estaban matando, o los estaban matando y sin ir tan lejos, en la esquina o en la casa vecina alguien se estaba drogando, o prostituyendo, o endeudándose con las apuestas, porque un semejante, por llamarle de alguna manera, había decidido enriquecerse a costa de millones de personas como ellos.

Fran y Smith ocupaban la mesa de siempre, pero en esta ocasión había alguien más con ellos, alguien que no pude reconocer hasta estar a la altura de ellos. La sorpresa fue descubrir que el tercer elemento era el juez Adriano Garzosa. Fran me invitó con un gesto a sentarme, pero en esta ocasión no hubo encaje de manos, ni saludo de bienvenida. El juez Garzosa tenía la misma mirada avispada que su hermana, quizás un poco más apagada por los años de profesión y teniendo en cuenta el desgaste sufrido si realmente se había leído todos los ejemplares de su flamante biblioteca. Antes de que dijéramos nada, el juez se adelantó a cualquier introducción que quisieran hacer Fran o Smith.

—¡Señores! Tengo que protestar por este tipo de convocatoria. Soy un juez y no me gusta ir por las cafeterías hablando de cosas que deberían resolverse en los despachos. Dicho esto y teniendo en cuenta que estos señores ya me han puesto al día de sus sospechas, con respecto a mi cuñado, le voy a decir un par de cosas. —Esto último lo dijo dirigiéndose a mi— Supuse que Fran o Smith ya le habían puesto al corriente de lo que creíamos era la actividad principal de su cuñado "El Capitán".

—Verá, me une una antigua amistad con Pita Weiscome, aunque hacía años que no coincidíamos. Ella me pidió un favor, que no les voy a contar, pero eso hizo que la pusiera en contacto con mi cuñado, dado que él se mueve muy bien en el tema de los aranceles portuarios. Wifredo era la primera vez que estaba en casa de Pita y lo único que hice fue ponerlos en contacto. Desconozco si han llegado a un acuerdo o si realmente la ha podido ayudar en algo, pero lo que tengo claro es que mi cuñado, no se dedica a ese negocio tan sucio que dicen. Su amiga, o empleada o lo que sea, se equivoca, probablemente cuando ella creé que lo vio, estaba en una situación de mucho estrés y es fácil confundir caras o voces, créame, lo he visto infinidad de veces en los tribunales.

—A nadie se le revuelve el estómago por una identificación errónea. Quizás juez, y disculpe mi atrevimiento, tal vez no está al corriente de todas las actividades de su cuñado.

—Es usted, muy impertinente ¡joven!, pero no se preocupe, porque voy a hablar personalmente con él. Es mi cuñado y se cuándo miente. Si usted tiene razón, le ayudaré con lo de su amiga.

—Gracias por lo de "joven" y no es mi amiga. Es una persona explotada por una organización mafiosa. Y vosotros dos,—

dije mirando a Fran y a Smith— ¿todavía no habéis podido dar con los chulos que estaban detrás de ella?

—Tenemos nuestras prioridades —dijo Smith con sus labios repulsivos, mientras Fran se encogía de hombros.

—Bueno… y de mi tío Cesar ¿Qué se sabe?

—No hay ni rastro de él. Tenemos la central de apuestas vigilada para ver sus movimientos, pero de momento no han dado ningún paso en falso. Hay una orden de búsqueda de Cesar por parte de la policía y estamos pendientes de la autopsia de Román. Por ahí no podemos avanzar más, te repito lo que te dije. Si Cesar aparece por casa, convéncele para que se entregue. —dijo Fran que hasta el momento no había abierto la boca. Mi yo anterior, se moría por decirle que había hecho el amor con Emmy en su cocina y ver por una vez si aquella apariencia de dandi se descomponía de alguna manera. Aunque el dandismo que le atribuía era más debido a la imagen que al hecho que tuviera alguna afinidad con el espíritu del dandismo en sí, porque era obvio que por su educación de funcionario estaba bastante alejado de esa idea. En cualquier caso, ganó el idiota que llevaba dentro y descarté decirle nada que le hiriera.

—Está bien, juez…entonces, ¿cuándo vemos a su cuñado?, el tiempo apremia.

—No me presione…hoy contactaré con él y les mantendré informados.

—¿Por qué no le llama ahora?, queda con él y vamos todos juntos a verle. Un juez que es su cuñado y dos funcionarios de a saber qué departamentos estratégicos, le parecerá lo suficiente importante como para que se tome la visita en serio. Si miente lo sabremos, como usted dice.

—No me gusta lo que dice, ni como lo dice…pero voy a llamarle y nos quitamos este tema de encima.

El juez Garzosa llamó a su cuñado Passioni, a este le sorprendió la llamada, pero no puso ningún impedimento en que fuéramos a su encuentro en aquel momento. Le envió una ubicación al móvil que nos conducía a los muelles de contenedores.

Fuimos todos juntos en un vehículo enorme tipo todo terreno, que conducía el ayudante de Smith, el mismo que me había instalado y desinstalado supuestamente el programa espía en el móvil. Pensé que era su chico para todo, quizás fuera el que nos estuvo vigilando en frente de casa. Le pregunté si fumaba tabaco negro, dijo que sí, pero que en el coche no le dejaban fumar, lo que acabó de confirmar mis sospechas.

Una vez llegamos a la zona portuaria, al conductor le costó encontrar la ubicación que nos había dado Passioni, escondida entre innumerables filas de contenedores. Al final en una pequeña explanada apareció un conjunto de oficinas. En una especie de balcón metálico se apreciaba la figura de "El Capitán" Wifredo Passioni, como si nos estuviera esperando, su pelo blanco y frondoso se divisaba a lo lejos. Al vernos llegar bajó unas escaleras y se acercó hacía nosotros. Daba la sensación que no quería que el encuentro se realizara en el interior de las oficinas.

Los cuñados se estrecharon la mano y el juez hizo las presentaciones, a Fran y Smith los presentó como gente del gobierno, sin especificar nada más y a mí no le hizo falta presentarme, pues me recordaba de la cena en casa de Pita Weiscome.

Antes de que alguno de nosotros dijera nada, Passioni se adelantó.

—Ya sé por qué están aquí, señores. —dirigiéndose a mí dijo:

—Sé que su ayudante me reconoció en la cena, soy un tipo muy descriptible con esta mata de pelo blanco. Yo también la reconocí, cómo olvidar una joven tan bella. Pero el hecho de que coincidiéramos en aquel lugar, no implica que tenga nada que ver con la red que se dedica a esa actividad. Verán en el mundo en el que me muevo, no todo es blanco o negro. Puedes tener negocios legales con gente que en su país o en su casa son despreciables, a veces haces cosas para clientes que no sabes ni quién son. En el transporte internacional hay una actividad de locos y no te da tiempo de comprobar los antecedentes de nadie. El día que coincidí con la joven estaba allí por terceros, pero ni sabía a lo que iba. Teóricamente era para cerrar un trato de exportación, pero el impresentable que tenía que firmar me hizo ir allí porque no tenía otro momento ni lugar para hacerlo.

—¿Recuerda la dirección?— dijo Smith

—Si, claro que la recuerdo, me costó lo suyo llegar allí, pero no creo que encuentran nada a estas alturas, me imago que sería un piso franco. A saber si lo seguirán usando.

—Bueno, usted nos la da y ya veremos. —insistió Smith

—¿Y no podías denunciar lo que viste, Wifredo? —increpó el juez a su cuñado.

—Si hubiera dicho algo en aquel momento, hubieran sabido que habría sido yo, habrían ido a por mí y mi negocio se habría acabado. A tu hermana le gusta vivir a todo tren y ya no tiene edad para vivir en la penuria. Además se podría tratar simplemente de trabajadoras del sexo, algo muy normal.

—Me parece increíble —dijo el juez— entiendo que en este trabajo tuyo encontraras todo tipo de personajes, pero deberías ser más selectivo con tus clientes.

—Lo siento, pero no es mi misión salvar al mundo, ni hacer un mundo mejor, es lo que hay.

—Le dije que lo de trabajadoras del sexo, era un eufemismo que se podía utilizar cuando era voluntario y nadie te explotaba, pero que obviamente estábamos hablando de personas retenidas y extorsionadas. —Si fuera su hija, la que estuviera retenida y explotada en algún lugar ¿pensaría lo mismo, Capitán? No hace falta que responda —le solté a Passioni, con ganas de reventarle la cabeza— Después les dije a Fran y a Smith que ya tenían por dónde empezar, al margen de la dirección donde ocurrió el encuentro, que Passioni les diera el nombre del individuo que le citó allí y fueran a por él. Aprovechando la presencia del juez y su vínculo familiar con Passioni, les dije que empezaran a arreglar los papeles de Ami, si necesitaban una dirección de residencia que pusieran la mía y si era necesario que tuviera un empleo, que pusieran que trabaja para mí, yo me encargaría de pasarle todos mis datos a Fran. El juez Garzosa se puso un poco legalista al respecto y dijo que no era tan fácil. Respondí que estaba seguro que encontraría el modo de agilizarlo todo, de otra manera, siempre quedaba el recurso de ir a la prensa y como ya sabían desde la cena en casa de Pita, tenía pendiente colaborar con el primer programa de radio de la mañana, aunque en vez de hablar de recetas, podríamos hablar del tema que nos ocupaba y claramente, la familia Garzosa no quedaría bien retratada.

En la mirada de Fran y Smith había una mezcla de desaprobación y de preocupación, por una parte debido al hecho de que en sus respectivos trabajos siempre huían de la exposición pública y por otra parte, porque en aquel momento les había dado un montón de trabajo al que no estaban acostumbrados. El juez Garzosa puso cara de pocos amigos, pero su silencio fue como que asintiera en cumplir su parte. El Capitán insistió en que intentaran que no saliera su nombre en cualquier situación que se diera cuando la policía tuviera contacto con esas personas u organización. Fran y Smith se encogieron de hombros y dijeron que harían lo que pudieran, aunque a mi entender por la experiencia vivida, poco o nada iban a hacer para evitarlo, ambos me parecían un par de impresentables.

Cuando salimos de la zona portuaria le dije al chofer de Smith que se detuviera y me dejara bajar. Necesitaba dejar de compartir el aire con todos ellos. Al bajar les recordé que no se olvidaran de sus deberes. Smith dijo algo así, como que le estaba saliendo caro nuestro acuerdo. Me encogí de hombros imitando un gesto tan reiterado suyo y de Fran y me alejé sin decir nada más.

Empezaba a oscurecer y la farolas empezaban a encenderse al mismo tiempo que las luces navideñas. Me preguntaba si en ese mismo instante también saldría de su escondite el Espíritu

Navideño e inundaría los corazones de los malvados, aunque ya sabía la respuesta.

Mientras me perdía por la ciudad, iba telefoneando al tío Cesar con la esperanza de que en algún momento respondiera. Ami, cada hora del día me enviaba un mensaje preguntado si estaba bien, yo le respondía con el emoji del pulgar levantado. Me parecía curioso que fuera ella la que cada hora se preocupara, cuando era yo el que tenía que estar llamando para cerciorarme de que todo iba bien.

Me detuve en un bar de vinos que recién abría. Acepté la recomendación del camarero —que resultó ser el propietario, como si fuera un neófito en el mundo del vino. A veces también juego a hacerme el idiota en muchos ámbitos, lo encuentro divertido y te da un perspectiva nueva de la situación. Hay una gran diferencia de trato cuando la gente cree que eres experto en algo o no tienes ni idea de la cuestión en sí. El camarero-propietario me sirvió una copa de Merlot, no era mi uva más preciada, pero se podía beber. Se mantuvo delante de mí, esperando mi aprobación después del primer trago. Le podía haber hablado de los matices, aromas, de las diferentes frutas y maderas o de la viscosidad de la lagrima, etc., pero me limité a decirle que estaba bueno, si tuviera que describir la expresión de su cara, sería una mezcla de decepción con unos gramos de resignación. La entrada de una pareja muy risueña le dio pie para abandonarme a mi suerte, algo que agradecí. Aproveché para revisar los mensajes y llamadas acumuladas de clientes y proveedores, pues hasta ese momento sólo había atendido a los mensajes de Ami.

Entre las muchas llamadas había una de Silvia Trasvelez y otra de Lidia. La primera me extrañó, porque estando en tierra Marco Aurelio, no era habitual que Silvia me llamara, por lo que me dio por pensar que algo no iba bien. Llamé primero a Lidia con el convencimiento que lo que me tuviera que decir no me llevaría mucho tiempo. Mientras marcaba el número le dije al camarero-propietario que me pusiera otra copa de lo mismo, pensé que repetir el mismo vino, sería una muestra de acierto por su parte y afianzaría su autoestima con respecto a sus conocimientos enólogos.

—¿Lidia?..¿Qué sucede?

—Tengo al perro que trajo tu tío. La otra noche me lo dejó y dijo que si en veinticuatro horas no sabíamos nada de él, que te lo dijera. ¿De qué va esto?... tienes que llevártelo, no puedo tenerlo en la consulta.

—Lo siento, no sé por qué te lo ha dejado a ti.

—En cualquier caso, aprovecho la llamada. Quería pedirte un favor. Verás… el fin de año tengo que viajar y no quisiera dejar a Ami sola. Te importaría que se quedara un par de días contigo. Si el perro es un estorbo, lo puedes dejar en casa y que Ami lo saque a pasear, serán un par de noches, tres a lo sumo.

—Tengo plan para el fin de año, pero supongo que la niñita podrá quedarse unas horas sola hasta el nuevo año.

—Si, supongo que si —dije sin demasiada convicción. Iba a preguntarle por su pareja, si ya había salido del armario familiar pero pensé que no era el momento.

—¡Vale! Avísame cuando creas conveniente. Le prepararé una cama.

La siguiente llamada fue a Silvia Trasvelez, mientras se realizaba la llamada bebí un sorbo de la nueva copa, no hubo ninguna sorpresa, era bebible como la primera. Saltó el buzón de voz, pero no dejé ningún mensaje. No me gustaba dejar notas de voz. Quizás la llamada sólo había sido por error y no quería hablar conmigo. Si tuviera interés habría llamado más veces o tal vez me hubiera enviado un mensaje o quizás no había vuelto a tener ocasión de hacer ninguna de esas cosas, dado que estaba en compañía de Marco Aurelio. Cuando él estaba presente ella era la mujer perfecta en cuanto a presencia y saber estar, en definitiva ponía todos sus conocimientos e inteligencia al servicio de su matrimonio con la misma intensidad que lo hacía para congregar empresarios y ricachones en sus eventos de promoción. No era la misma cuando él estaba volando, ella se sentía muy cómoda, actuaba como si fuera una persona libre, sin ataduras. Se le notaba en el buen humor y en la alegría con la que afrontaba todo y si no tenía obligaciones de su actividad empresarial, se vestía de forma desenfadada, con unos jeans y una camiseta vieja, con zapatillas sin tacones y el pelo recogido en una cola. Entonces se asemejaba a la joven que había abandonado en un estrato social más bajo y que ocasionalmente echaba de manos. Me preguntaba si de habernos conocido en esa época en la que ella era una joven emprendedora y yo un incipiente aprendiz de cocinero, nos hubiéramos fijado el uno en el otro. Aunque no tenía mucho sentido, dado que lo que había entre nosotros en la actualidad se suponía que venía motivado por el hecho de ser quienes éramos y de no poder tenernos al cien por cien.

Pagué las copas y le agradecí el servicio al propietario. Me deseó una buena entrada de año y que regresara pronto. Le respondí con el mismo deseo y le prometí que volvería. Salí a la calle y cogí un taxi. Cuando el aire frio me entró en los pulmones, me pregunté por qué le había hecho esa promesa de volver.

En la radio del taxi sonaba "*You are always on my mind*" una canción de Elvis Presley que a lo largo de los años habían versionado un sinfín de cantantes. Me hizo pensar de nuevo en Silvia Trasvelez, su última llamada y la falta de respuesta me había dejado intranquilo. Le di la dirección de Silvia al taxista, aún sin saber a ciencia cierta qué iba a hacer al llegar allí. A esas horas el tráfico estaba complicado y al taxista le costó más tiempo llegar de lo que sería habitual, haciendo larga la hora de llegada, lo que me trajo a la mente unas líneas de Romeo y Julieta que repetía el tío Cesar —*Qué pesadumbre alarga las horas*—*El no poseer, lo que poseído abrevia.* Me reí de mí mismo al pensar e imitar a Cesar.

Le dije al taxista que me dejara en la esquina y ascendí por la cuesta que llevaba a la plaza donde residían Silvia y Marco Aurelio. En aquel momento empezó a nevar y la poca gente que transitaba por la zona desapareció. Al llegar a la plaza me detuve frente a su edificio. Vivian en segundo piso que abarcaba toda la fachada de punta a punta, era un edifico moderno de tres plantas, en el que sólo había un inquilino por planta, vivienda de alto standing supongo que decía la publicidad cuando la adquirieron. En aquel momento había luz en todas las habitaciones y me pareció distinguir la silueta de Silvia Trasvelez, en algún momento se cruzó con alguien que intuí sería Marco Aurelio, por lo que todo daba una sensación de normalidad y descarté llamar a la puerta, porque no sabía que excusa utilizar para justificar mi presencia allí. Hubiera quedado algo raro y a ninguno de los dos les hubiera gustado.

Me fui pensando que quizás había perdido la oportunidad de volver a ver a Silvia en lo que quedaba de año y era probable que el año nuevo nos trajera un cambio en nuestra relación.

Recordé aquella película titulada Naufrago, cuyo protagonista acaba diciendo "Nunca sabes lo que te traerá la marea", haciendo un símil pensé "Nunca sabes lo que te traerá el año nuevo". Descendí por la cuesta que antes había subido, para llegar a la avenida principal para coger un taxi, cuando me topé con dos tipos que me barraban el paso. Uno de ellos era el individuo con gomina que estuvo en casa buscando a Ami y al que devolví el móvil con la excusa de que lo había encontrado en la zona donde estábamos.

—¡Hola! Amigo, ¿Ha encontrado otro móvil perdido por aquí? —me dijo en un tono nada amistoso.

Inicialmente hice como que no sabía de qué me estaba hablando, pero era obvio que no se iba a ir convencido de lo que le decía.

—¿No me recuerda? Estuve en su casa, buscando a mi sobrina y usted me entregó amablemente su móvil, el cual al parecer había encontrado por aquí. Es un buen ciudadano ¿Lo recuerda?

—Si, es cierto, es que soy fatal para las caras y de noche no veo tan bien y nevando… pues ya sabe. ¿Ha tenido suerte?, ¿La ha encontrado? ¿Se encuentra bien?

—La verdad es que no. Y eso está destrozando a la familia.

—Bueno, supongo que habrán ido a la policía, les deseo toda la suerte del mundo —les dije intentando sortearlos y avanzar hacia la avenida más transitada, pero me agarraron por la pechera y me empujaron violentamente contra la pared de la fachada, mientras me golpeaban en la boca del estómago, en aquel momento eché en falta las múltiples capas de ropa que me había enfundando el primer día que tuve conciencia de que algún individuo como el que lo estaba haciendo, me diera una paliza. Intenté defenderme sacando al joven violento que llevaba aletargado muchos años dentro de mí, pero estaba algo oxidado y ellos eran dos. Afortunadamente un todoterreno que me era familiar se detuvo delante nuestro y bajo la ventanilla del acompañante. El que conducía era el ayudante de Smith. Les preguntó a los que me estaban apalizando que si había algún problema, estos dijeron que se metiera en sus asuntos y el conductor sacó una especie de escopeta recortada, que hasta a mí me dio miedo. Los tipos dejaron de golpearme y levantaron la manos. El conductor dijo que subiera al coche y nos fuimos.

Le pregunté al ayudante de Smith, si me estaba siguiendo, dijo que más o menos. Le di las gracias por su intervención y le pregunté por qué no los detenía, comentó que era cosa de la policía. La policía ya estaba advertida y los tenían localizados.

—Si llegas a disparar, nos hubieras dado a los tres —dije con cierto reproche.

—¡Oh! No está cargada… no puedes ir por ahí con un trasto así cargado, tiene un gatillo muy sensible.

—Decía Chéjov, que cuando un arma aparece en escena, es para ser disparada.

—Bueno…la vida no es como el teatro o las novelas policiacas. A veces sí que hay muertes, pero no es lo más habitual. De hecho, para lo que se cuece en el mundo, creo que hay pocos muertos.

—Ya veo que eres un optimista. Por cierto, no me has quitado el programa espía que me instalaste en el móvil ¿No?

—No… cosas de Smith. Intuía que todavía podía sacar algún jugo de tus andanzas. Dice que eres un diamante en bruto, porque te codeas con lo mejor de la ciudad y eso es muy aprovechable. Es un enfermo de las grabaciones, a veces parece que le paguen por minutos de grabación.

—Poco va a sacar de la vida de un cocinero, además voy a tirar el móvil en cuanto me compre otro. —obviamente no le dije que ya disponía de otro que pensaba utilizar en el momento que me fuera a París, pero aproveché la coyuntura para llevarlo a mi terreno.

—Aprovechando este momento de confraternización, no te parece que lo del Capitán es poco creíble. Ningún delincuente por chapucero que fuera, se complicaría la vida concertando una cita con alguien ajeno a la actividad delictiva que se estaba perpetrando en aquel piso franco. Creo que "el Capitán" está metido hasta las trancas y dada su actividad portuaria no me extrañaría que estuviera metido en más asuntos raros, por llamarlos de alguna manera.

—Si… puede que tengas razón, pero eso ya está en manos de la policía y es mejor no profundizar en el tema. Eso también ayuda a que tengamos al juez de nuestra parte.

—Visto así… veremos si lo de los papeles de Ami se soluciona.

—Te dejo en tu casa.

—¡Gracias!

Llegué a casa molido de los golpes, pero por suerte no me habían tocado la cara, así que no tuve que explicarle mi encuentro a Ami con sus proxenetas. Estaba acabando de ver en televisión "El Halcón Maltes", el protagonista respondía a la pregunta de qué estaba hecha la escultura tan deseada por todos en el film. Él respondía *"Del material con que se forjan los sueños"* Si el tío Cesar estuviera presente, diría que era una frase sacada de una obra de Shakespeare. En aquel momento volví a pensar en él, cuando vi que Nadie descansaba a los pies de Ami. Ésta se giró y dijo que Lidia había traído al perro y le había contado que en mi ausencia se quedaría en su casa. Después me dio un parte detallado de su actividad diaria, dijo haber preparado algo de cena, que estaba en el horno. Que había limpiado los baños y puesto orden, que había tirado un montón de cepillos de dientes usados y que afortunadamente había encontrado uno por estrenar y que en consecuencia se lo había quedado en propiedad. Me preguntó si tenía noticias de Cesar, negué con la cabeza y le agradecí el esfuerzo realizado. Seguidamente le dije que me iba a la cama, me encontraba deshecho, la cena serviría para mañana comenté. Me tomé un antiinflamatorio, con el deseo que me ayudara a dormir, había sido un día muy largo.

Cuando estaba a punto de dormirme, note como Ami se acostaba a mi lado. Me susurro al oído: Tranquilo no vamos a hacer nada, yo también me siento sola. " A veces uno desea tener al lado a un ser querido" Escuché que se lo decías a Lidia, la tarde de Navidad que estuvo aquí.

Diciembre 28 11:52:00

Al despertar vi que eran casi las doce del mediodía. Hacía tiempo que no dormía tanto, supuse que la actividad de los últimos días me había hecho mella. Habituado a vivir sólo, salí en calzoncillos al baño, coincidiendo con Ami en el distribuidor, la cual ya andaba vestida y se quedó perpleja al ver los moratones en mis costillas. Le dije que no preguntara y que luego hablaríamos en la cocina.

Cuando bajé ya vestido, llamaron a la puerta. Le dije a Ami que yo me encargaba. Era un individuo de aspecto corriente, vestía un traje chaqueta de muy baja calidad, parecía de mercadillo, debajo del brazo llevaba una carpeta de polipiel bastante deteriorada por el uso, le acompañaba un policía de uniforme. Me preguntó si era el propietario de la empresa de catering que indicaba el documento que me estaba mostrando. Le respondí afirmativamente. Entonces me dijo que había una denuncia en mi contra por contratar gente que estaba ilegalmente en el país y que tenía que ir con esa persona a comisaria antes de las seis de la tarde. Me entregó la citación y se marchó. Llamé a Fran pero no me cogía el teléfono. Hablé directamente a mi teléfono, preguntando por Smith, con el convencimiento que alguien estaría escuchando al otro lado. Como no obtenía respuesta, llamé a Rita Garzosa para que me diera el teléfono de su hermano el juez. Estuvo encantada de hablar conmigo de nuevo, pero me dijo que tenía totalmente prohibido dar ningún dato de su hermano, era un tema de seguridad nacional. Como no pude convencerla, llamé a Pita Weiscome, pero tuve la precaución de hacerlo desde el nuevo teléfono que me habían proporcionado, intuía que la propia Pita estaba en contacto con los que me habían enviado el paquete con el móvil y el resto de cosas para ir a París.

—Dime Bibi…respondió Pita sin que yo dijera nada, por lo que imaginé que tenía identificado este número de teléfono y estaba al corriente de mi próximo destino.

—Disculpa que te asalte de esta manera, pero tengo una urgencia. Necesito hablar con el juez Garzosa y creo que eres la única que me pude facilitar su teléfono en estos momentos.

—¿Es por lo de los papeles de tu amiguita?

—No es mi amiguita… y sí, tiene que ver con sus papeles.

—Verás… ahora necesitamos que te concentres en lo que se te ha pedido. Hana te está esperando. Eres el único que puede hacerle llegar "eso" sin despertar sospechas.

—Una cosa no quita la otra. Necesito dejar esto resuelto antes de irme. Además me han citado en comisaría.

—Te daré el número, pero no digas quién te lo ha dado. Si necesitas un buen abogado, hablaría con Silvia Trasvelez, tiene un montón de contactos, bueno tú ya lo sabes, qué te voy a contar.

Al juez Garzosa lo llamé desde mi antiguo teléfono, me importaba muy poco que Smith estuviera grabando o escuchando, hasta podía ser beneficioso pensé. El juez descolgó preguntado quien era al no tener mi número identificado. Me identifiqué y le expliqué la situación. Me dijo que era un procedimiento habitual. Al poner a Ami en el sistema y a mí como empleador, se habían activado todos los protocolos para evitar el fraude. Dijo que no tenía por qué preocuparme, pero lo mejor era que fuera con un buen abogado con experiencia en temas de extranjería. El haría lo que pudiera, también me advirtió que tal vez la joven debería pasar una noche en un centro de detención de extranjeros, pero le dije que se olvidara de ello y que hiciera todo lo que estuviera en su mano para que eso no sucediera. No me dio ninguna garantía y dijo que si no estaba contento con el resultado, hiciera lo que creyera conveniente. Daba la sensación como que el juez estaba un poco superado por la situación y de alguna manera ya no le preocupara tanto lo que sucedería con su cuñado el Capitán. Tal vez le había llegado información nueva en el momento que Fran y Smith habían pasado el tema de la prostitución y trata de personas a la policía. Quizás veía a Ami como una posible testigo que pudiera declarar en contra del Capitán y tal vez estaban viendo la manera de deshacerse de ella y la forma más fácil era enviarla de vuelta a su país. Era incapaz de ver por dónde iban los tiros. Antes de colgar me preguntó de dónde había sacado su número de teléfono, sabiendo que no le iba a responder.

Llamé a Silvia Trasvelez esperanzado de que me cogiera la llamada. Lo cierto es que no se hizo de esperar.

—¡Hola, chef! —dijo en un tono desenfadado, lo que me hizo pensar que Marco Aurelio no andaba cerca.

—Disculpa que te llame, pero es que necesito de tus contactos.

—Como me gusta que necesites cosas de mí.

—Necesito para esta tarde, un abogado especializado en temas de extranjería.

—Ya sé que es el día de los Santos Inocentes, pero me lo pones difícil. En estas fechas sabes que todos los "señoritos" están de vacaciones.

Los "señoritos" era como nombrábamos de una manera despectiva pero sin mala intención, a toda la Jet con la que tenía que tratar, desde altos ejecutivos, abogados, ricachones y busca vidas que habían conseguido montarse en el dólar con negocios de difícil explicación. Le expliqué cuál era la situación y que necesitaba que estuviera un poco antes de las seis de la tarde en la comisaría que le indicaría. Me dijo que la dejara que hiciera unas llamadas y ya me diría alguna cosa.

Le pregunté por la llamada de la tarde anterior, y me dijo no recordar por qué la había hecho o incluso que podía haber sido por error, no lo tenía claro. Pero sabía que no me estaba diciendo la verdad, cuando conoces bien a una persona, identificas fácilmente los estados de ánimo o si te están mintiendo, o si no es una mentira, sabes que no te lo están contando todo, a veces para no preocuparte, otras porque no lo ven necesario y en muchas ocasiones para no crear nuevas inquietudes. La gente suele insistir en que les cuenten la verdad y cuando la saben, ven que es insoportable. El tío Cesar siempre decía, cuando exijas saber la verdad, prepárate para aceptarla, luego no vengas con llantos.

Durante todas las llamadas que me tocó hacer desde que el funcionario había llamado a la puerta, Ami había estado pendiente de todas las conversaciones. Cuando colgué a Silvia Trasvelez me preguntó si la cosa estaba complicada. Le dije que no iba a ser fácil, pero que no se preocupara, teníamos buenas cartas. Me preguntó por los moratones de las costillas, le expliqué lo sucedido con su amigo de la brillantina, pero que no se preocupara porque en breve estaría fuera de la circulación. Después bromeó con la suerte que tuve la noche anterior al no liarnos, hubiera acabado con mis costillas en el hospital.

Intentamos comer algo y relajarnos a la espera de que Silvia nos consiguiera el abogado. Ami se había enganchado a la lectura de uno de mis libros de novela policiaca de mi amplia colección, casualmente le dio por leer "Muerte en París" lo que me pareció muy apropiado, y quise imaginar que era fruto del azar y que la propia Ami, ni siquiera se había dado cuenta de la coincidencia.

A la hora de ir hacía comisaria, le recomendé a Ami que se pusiera una ropa más holgada, algo que ocultara o disimulara sus atributos. Ni siquiera lo discutió, era consciente de a dónde íbamos y dónde podía acabar y no era cuestión de sobresalir o destacar en ningún aspecto. Cuando estábamos a punto de salir hacía la comisaria recibí un mensaje de Silvia Trasvelez con el contacto del abogado. Al abrirlo vi que era una abogada llamada Jana Kovalenko. Después recibí un segundo mensaje:

Es la mejor en temas de extranjería. Es un bombón, pero no te emociones porque no le gustan los de tu especie. Os espera allí.

Después añadió una carita sonriente y otra con un beso.

Le devolví el emoji del beso, aún a riesgo de que lo viera Marco Aurelio.

Mientras subíamos al taxi, Ami me preguntó que más me decía Silvia Trasvelez en el mensaje, le dije que nada, no tenía sentido explicarle que a nuestra abogada no le gustaban los hombres.

Nos encontramos con la abogada antes de entrar en comisaría. Efectivamente era un bombón, tal como había descrito Silvia. Pareció quedar prendada de Ami, era una sensación que por mi experiencia me resultaba familiar, si estuviera Silvia con nosotros, diría que la había "cautivado". Le describí la situación, intentando sintetizar todo lo ocurrido y le dije que teníamos que utilizar la baza del juez Garzosa antes de que se complicara más la cosa.

Jana dijo que no nos preocupáramos y que no dijéramos nada, que ella hablaría. Lo cierto era que su aplomo trasmitía tranquilidad, sus facciones eran una mezcla de dureza y serenidad, la suma de ambas contribuía a pensar en que todo iba a salir bien.

Nos tuvieron un buen rato a los tres en una sala, sin que nadie nos dijera nada. A la media hora una agente uniformada se presentó y dijo que tenía que llevarse a Aminata para cumplimentar una serie de documentos y hacerle fotografías. Jana Kovalenko dijo que quería ver esos documentos o quería estar acompañando en el proceso a su cliente. La agente, en un tono poco amigable, dijo que no podía ser, pero que no se preocupara porque tenían orden del juez de formalizar todo sin demasiadas preguntas—Esto último lo dijo como si le molestara profundamente obedecer las órdenes del juez. Antes de que se fuera con Ami, le pregunté a la agente cómo se llamaba, por si teníamos que volver a preguntar por ella y para tener identificada a la persona que se había llevado a Ami, en el caso de que sucediera algo inesperado. Tampoco fue de su agrado responder, pero dijo llamarse Livia, lo que me dio cierto repelús al relacionarla con la esposa de un emperador romano.

Cuando nos quedamos solos la abogada y yo, apareció otro agente, este iba de paisano, parecía más un vendedor de seguros que un policía. Depositó de mala manera un montón de documentos sobre la mesa.

Echó a la abogada una mirada que me pareció excesivamente lujuriosa y después se recreó mirándome a mí con un aire de desdén, el cual me sirvió de preaviso de que la estancia allí no iba a ser agradable.

—¿Usted es el propietario de esta empresa de catering, no? —dijo el agente sin esperar respuesta—Bueno…bueno…bueno, tenemos que acabar de rellenar cuatro datos, conforme está usted al corriente de todos los temas fiscales, su empleada está asegurada y obviamente tiene un permiso de trabajo. Se lo dejo todo aquí, acabe de rellenarlo, lo firma todo y ya se puede ir. Ya nos encargaremos nosotros de hacerlo llegar a todos los departamentos de trabajo, hacienda, extranjería, etc., parecemos los putos recaderos de todo el mundo. No se imagina como molesta que te ordenen cosas desde arriba que no tiene ni ton ni son.

—¿Y la joven que ha venido con nosotros? —dijo la abogada, conteniéndose ante los exabruptos del policía de turno.

—Su niñita, tendrá que pasar la noche aquí, es lo mínimo, si no quiere que vaya al Centro de detención de extranjeros.

—¡De eso nada! —Exclamé— hable con el juez Garzosa.

—El juez ya está al caso y sabe que se ha de hacer así, si no queremos que se abra una investigación interna por malas praxis. Una noche de retención no se la quita nadie.

Jana Kovalenko, me miró de reojo y asintió con la cabeza indicándome que tenía que ser como decía el policía. No me hizo ninguna gracia. Me preocupaba que Ami lo pasara mal, pero lo que más me intranquilizaba era que en esas horas de detención, en las cuales la perdería de vista, podían suceder muchas cosas. Alguien podría querer deshacerse de ella, o tal vez en un momento intempestivo se la llevaran al centro de detención de extranjeros y difícilmente la volvería a ver si la retornaban a su país, en el mejor de los casos. Todos estos supuestos que se me ocurrían lo tenía que atribuir a mi afición por la lectura de novela negra, pero en el fondo estaba convencido de que no iba tan desencaminado. Pregunté si podía hablar con ella antes de irnos, el policía asintió con la cabeza y con una expresión de hastío. También le pregunté si la comisaría tenía una salida de vehículos, puso cara de extrañeza, pero dijo que no, que sólo tenía la puerta principal.

Eso me tranquilizó, dado que ya había decidido que me quedaría toda la noche en vela vigilando que no se la llevaran. Para finalizar pregunté a qué hora la soltarían, dijo que si no había nada extraño, lo normal es que saliera a la siete de la mañana.

El agente dijo que sólo podíamos entrar a ver a Ami uno de los dos. Jana Kovalenko declinó la oferta y entendió que fuera yo a verla, legalmente tampoco tenía nada más que aportarle, aunque estaba convencido que se moría por volverla a ver.

El agente me condujo hasta la policía que se había llevado a Ami, dándole instrucciones para que me acompañara hasta su celda. La agente Livia me miró como si ya estuviera harta de mí y sólo habíamos coincidido treinta segundos entre el primer encuentro y éste. Es lo que llamaría amor a primera vista. Anduvimos por un pasillo que conducía a un distribuidor lleno de celdas aparentemente individuales. La agente dijo que tenía dos minutos, abrió una de las celdas y ahí estaba Ami, aparentemente tranquila, pero al verme entrar se me abrazó al cuello, como una niña haría con su padre. Le dije que no se preocupara que todo se estaba resolviendo, lo único que tendría que pasar allí la noche, insistí en que no se preocupara. Mañana será un día mejor, me dijo al oído. Sabía que aquella noche la llevaría bien. Ami se había sobrepuesto a muchas adversidades, una noche en un calabozo no era nada comparado con la vida que había llevado.

La agente me conminó a que saliera de la celda, le di un beso en la mejilla a Ami y le insistí en que no veríamos por la mañana. De regreso al vestíbulo, le pregunté a la agente cuando acababa su turno, me dijo que a las siete de la mañana. Le sugerí que cuidara de Ami y procurara que no le pasara nada. Me dijo que le importaba una mierda las influencias que yo tuviera, que si volvía a amenazarla acabaría en una celda como mi amiguita. Respondí que no era mi amiguita y que no había sido una amenaza, tal sólo una sugerencia y qué quizás le faltaba algunas clases de dicción, lo que hizo que se enfurruñara más. La presencia de Jana Kovalenko hizo que la sangre no llegara al rio.

Salimos de la comisaría mientras Jana me iba explicando que toda la documentación estaría en pocos días y que Ami podría circular libremente. Tenía que abrir una cuenta bancaría para que le ingresara la nómina y por lo demás no debía de haber más problemas. Su permiso de trabajo sería provisional, pero en unos meses ya se podría establecer como residente fija.

—Has tenido mucha suerte de tener al juez Garzosa de tu parte, es un hueso —dijo Jana

—Si, pero ya sabes que ha sido una cosa forzada. Ya veremos como acaba esto.

—Es encomiable lo que estás haciendo por esa chica. No todo el mundo lo haría. Dice Silvia Trasvelez que eres muy especial, se le ilumina la mirada cuando habla de ti.

—Si, Silvia es muy generosa con sus elogios. Con respecto a Ami, creo que lo hago más por mí que por ella. He llegado a un punto de mi vida en el que todo es fácil, no tengo responsabilidades más allá de las relaciones contractuales con el catering. Veo las noticias en televisión o las escucho en la radio y en todas partes hay algún drama. Todas las asociaciones benéficas necesitan dinero, Save de Children, Médicos sin fronteras, la Cruz Roja, etc. Quisiera colaborar con todas o aportar algún grano de arena, pero nunca es suficiente. Creo que si cada persona del mundo pudiera ayudar a otra, el mundo sería mejor. No sé, quizás no sirva para nada mi esfuerzo con el tema de Ami, pero si la puedo sacar de la prostitución ya me daré por satisfecho y si de paso algunos hijos de puta van a prisión mejor.

—Te vas a quedar hasta que la suelten, ¿verdad?

—Si, no me fio de estos.

—Si quieres cenamos en ese bar de enfrente y te acompaño al menos unas horas, desde el ventanal se ve la comisaria.

—¿Pero no me facturarás las horas de abogado, el rato de la cena?

—Tranquilo, ya llegaremos a un acuerdo. Pero te aviso que soy cara.

—¿Y qué abogado no? … viniendo del mundo de Silvia Trasvelez.

Jana Kovalenko además de una gran abogada, resultó ser una contertulia excelente y acabó confesando que la belleza de Ami le había impactado. Cenamos una tapas que difícilmente soportarían una inspección sanitaria sorpresa, pero que nos dio pie para reírnos hasta llorar, lo que hizo que ella acabara por quitarse toda la sombra de ojos que le endurecían las facciones. Le dije que las pinturas de guerra estaban bien para ir a juicio, pero que realmente estaba mucho mejor sin maquillaje. Me preguntó si le estaba tirando los tejos, respondí que en absoluto, ya estaba prevenido de sus tendencias, pero respondió algo que me dejo a cuadros. "Quién más quién menos se salta la dieta" al tiempo que esbozaba una sonrisa pícara por decirlo de alguna manera.

Diciembre 29 01:00:00

A la una de la madrugada, el tipo del bar dijo que tenía que cerrar, así que no tuvimos más remedio que despedirnos, nos dimos dos besos en las mejillas como si fuéramos amigos de toda la vida y dijimos estar en contacto. Cuando se subió al taxi le dije que el día que quisiera saltarse la dieta que me llamara, respondió que seguramente a Silvia no le haría mucha gracia, me deseo un feliz año nuevo y me quedé plantado en aquella acera con un frio de mil demonios, por suerte no nevaba. Si a eso se le podía llamar suerte.

Decidí acercarme a la comisaría y que dejaran quedarme en el vestíbulo hasta que soltaran a Ami. El agente de la puerta me dijo que si no iba a hacer nada, no podía estar allí, que si tenía alguna denuncia que tramitar podía pasar. Pero no estaba en situación de inventarme denuncias, así que le dije si podían avisar a la agente Livia, supuse que estaría en alguna estancia sin hacer nada en especial a estas horas de la madrugada.

—¡Vaya! Si es Mr. Catering —dijo en un todo entre jocoso y malhumorado. Malhumor que se reflejaba en su cara con falta de sueño, era obvio que a nadie le gusta que le molesten a esas horas, aunque tengas las obligación de estar de guardia.

—Disculpe que la moleste agente Livia, pero es que estoy haciendo tiempo para recoger a mi empleada cuando decidan soltarla y me preguntaba si podría quedarme aquí en el vestíbulo, sin molestar a nadie, afuera hace mucho frío.

—Seguro que tiene una bonita casa, por qué no se va y deja de molestarnos.

—Porque quiero tener la certeza de que mi empleada no va a desaparecer misteriosamente.

La agente Livia suspiro profundamente, cerro los parpados unos segundos y al abrirlos le dijo a su compañero de la puerta que ella se encargaba de mí. Después me dijo que si quería, podía detenerme y encerrarme toda la noche en un calabozo, pero que eso le ocasionaría un montón de papeleo del que no le apetecía nada iniciar. Le respondí que buscara otra alternativa a mi presencia que no fuera tan drástica.

—Sígame —dijo, dándome la espalda y elevando el brazo como un capitán de caballería que hace avanzar a sus jinetes. La seguí por un pasillo distinto al que conducía a las celdas y llegamos a lo que parecía una sala de descanso para el personal. Olía a café y a comida recalentada en el microondas, pero el ambiente era cálido. Me preguntó si el café lo quería sólo, aunque ella recomendaba que le echara algo de leche, porque al parecer era muy malo. Me dejé llevar por sus consejos y me sirvió un vaso de papel lleno de un líquido que difícilmente se podía considerar café con leche. Leyó en mi cara que estaba asqueroso, sonrió por primera vez y me dijo que el truco estaba en echarle mucho azúcar, pero en esta ocasión decliné el consejo.

—¿Por qué tiene esa obsesión de que su chica va a desaparecer?

—No es mi chica, y es una larga historia. Pero hay mucha gente que le iría muy bien que ella desapareciera.

—Bueno, aquí se han seguido todas las instrucciones que nos han dado. No creo que se tomen tantas molestias para luego hacerla desaparecer. Lo lógico hubiera sido antes de que su nombre entrara en todos los registros, haberla hecho desaparecer. Antes de entrar en esta comisaría ella no existía, ahora ya es alguien, está en el sistema.

—Si, quizás tenga razón y estoy cargado de sospechas. Debe de ser éste cansancio que me atenaza.

Limadas las asperezas, la agente Livia parecía tener corazón. Sin embargo, supongo que por degeneración profesional, nuestra conversación derivó en una especie de interrogatorio consentido. A las dos horas de estar allí, le había contado mi vida, sabía el nombre de mis hermanos y sobrinos, mis exmujeres, mis aficiones y los últimos líos en los que me había metido sin entrar en detalles. Me atreví a preguntarle por el origen de su nombre de pila, dijo que su padre era historiador y un loco de la historia de Roma, que le dio por ese nombre como le podía haber dado por Agripina o Calpurnia, le dije que dentro de todo, había tenido suerte, fue la segunda vez que la vi sonreír. Pasé por alto contarle lo de mí aversión a los nombres de emperadores romanos para que no se llevara una peor impresión de mi personalidad si cabía. Realmente nunca me había planteado extender esa especie de fobia a emperatrices o a esposas de emperadores romanos. A ella apenas pude sonsacarle alguna confesión, salvo que estaba a punto de examinarse para inspectora, que no le gustaba cocinar y al hablarle de mis líos, lo relacionó con la orden de búsqueda de mi tío Cesar, en un momento de la conversación llegó a decir "dios los cría y ellos se juntan", dando por sentado que por ser familia teníamos que coincidir en ser personajes de alguna manera conflictivos. Quise decirle que mi tío y yo apenas teníamos nada en común más allá de la consanguinidad , pero una emergencia la obligó a dejarme allí. Dijo que no me moviera que regresaba en breve. Cerré los ojos y apoyé la cabeza en la pared. Quería dormir profundamente y descansar, con la esperanza que al despertar mi vida estuviera en su sitio, en el lugar donde no tendría que haber sucedido nada, me retrotraería a la última noche en casa de Silvia Trasvelez, cuando todas mis aspiraciones era pasar una buena velada, organizar la cena en casa de Pita Weiscome como tantas veces y confiar en que las fiestas navideñas pasaran deprisa. Pero era obvio, que por más que durmiera o que lo deseara en mis sueños, la normalidad no iba a regresar o al menos como la conocía. El año nuevo se avecinaba y por primera vez en mucho tiempo no sabía lo que me depararía.

La agente Livia me zarandeó del hombro, rescatándome de un profundo sueño, me dijo que ya eran la siete. Ya había acabado su turno, vestía de civil y se le apreciaba un cuerpo atlético. Me dijo que esperara en el vestíbulo, que ya me avisarían cuando soltaran a mi chica, y que seguía sana y salva en su celda, le dije que no era mi chica, pero pensé que era tan inútil decirlo como las cientos de veces anteriores que se lo había dicho al resto de gente. Le agradecí la atención prestada y le pregunté si nos volveríamos a ver. Me respondió que confiaba en no volverme a ver por comisaría, —y haciendo una pausa dramática dijo— que sabía dónde vivía, esbozando esa sutil sonrisa por tercera vez.

Toda la burocracia se alargó más de lo habitual, eran las diez de la mañana cuando Ami apareció por el vestíbulo con un montón de papeles entre las manos. Al verme se volvió a abrazar a mi cuello como la noche anterior en la celda. Le dije al oído que efectivamente hoy iba a ser un mejor día, como ella había predicho.

La mañana era fría pero soleada, cogimos un taxi para volver a casa. En la radio del taxista daban las noticias. En la mayoría de conflictos del resto del mundo no había una tregua navideña. La satisfacción de haber avanzado con el tema legal de Ami, se veía interrumpida por tomar conciencia de las cosas malas que estaban sucediendo en el mundo. Le pedí al taxista si podía poner alguna emisora de música. En la primera que puso sonaba Roy Orbison, "I drove all night", le dije que la podía dejar.

I drove all night to get to you
It that alright
I drove all night
Creep in your room
Woke you from your sleep
To make love to you
Is that alright
I drove all night

Mientras sonaba ese estribillo, le dije a Ami que estaba tan cansado que era como si toda la noche hubiera estado conduciendo hacia ella, pero no para hacerle el amor, como decía la canción. Ami sonrió y después dijo que al final tendríamos que hacerlo, había que eliminar de una vez por todas esa tensión sexual que había en el ambiente, le dije que ni pensarlo, que se lo quitara de la cabeza y que no había ninguna tensión en el ambiente, que no se imaginara cosas. Sorprendí al taxista observándonos por el retrovisor como si estuviera muy interesado en nuestra conversación y le pedí que no sacara sus ojos de la carretera.

Al llegar a casa, recordé que habíamos dejado a Nadie sólo. Inspeccioné la casa buscando si había hecho alguna de sus necesidades por la habitaciones. Al no detectar ninguna sorpresa desagradable, le dije "buen chico", me miro como si me entendiera y al mismo tiempo dijera, "muy bien, pero sácame a la calle de una vez". Le dije a Ami que descansara que ya me encargaba yo del perro, pero dijo que no, que había dormido muy bien y que ahora podía salir a la calle como una ciudadana libre.

La tarde del 29 de diciembre fue tranquila pero me seguía preocupando no saber el paradero de mi tío Cesar. Estuve llamando a Fran para pedirle explicaciones, pero no me cogía el teléfono, llamé a Emmy para que me dijera el paradero de su marido, pero dijo no poder ayudarme, estaba en la misma situación que yo y desconocía por dónde podía estar o qué estaba haciendo, en esta ocasión me pareció sincera. Envié un mensaje a Silvia Trasvelez y a Jana Kovalenko agradeciendo sus servicios, de los cuales no recibí respuesta, probablemente estarían muy ocupadas. Preparé una pequeña mochila para pasar un par de días en París, sin tener la certeza de lo que iba a tardar en volver, de hecho no tenía ni billete de regreso. A Ami le dije que se preparara una pequeña bolsa con cuatro cosas, en cuanto me fuera al aeropuerto por la mañana, la dejaría en casa de Lidia como habíamos quedado. Dijo que ahora que lo suyo estaba resuelto podía quedarse sola en casa, pero le hice entender que estaba resuelto el tema de su documentación y su situación legal, pero que de los tipos que la tenían explotada, todavía no sabíamos nada, no sabíamos si los habían detenido, si todavía no, o si estos la seguían buscando a ella, porque aunque los detuvieran, teníamos que seguir teniendo precauciones, porque pudiera ser que la quisieran eliminar como testigo. No sabíamos el nivel de implicación que tendría el Capitán en este asunto, ni a lo que estaría dispuesto el juez Garzosa para proteger al marido de su hermana, si era el caso. Esto último quizás no debería habérselo dicho, pero prefería que mantuviera la tensión, que estuviera un poco preocupada y que fuera consciente de que las cosas no siempre se resolvían bien. Todo ello la mantendría en alerta, al menos durante el tiempo que yo estuviera ausente. Pareció entender mis argumentos y no volvimos a hablar del tema.

Diciembre 30 08:00:00

Por la mañana mientras desayunamos, revisé los mensajes del móvil por última vez, pues lo iba a abandonar en casa e irme con el que me habían facilitado junto con el billete, la llave y la USB para entregar a Hana. Ambos elementos los incorporé a mi llavero personal, para darles un aire de cotidianidad. No tenía ninguna llamada de Fran, lo que empezaba a preocuparme, aunque a él como persona o como funcionario de alto rango, me daba lo mismo lo que le sucediera después del lío en que me había metido. Los últimos mensajes eran respuestas de Silvia Trasvelez y Jana Kovalenko a mi agradecimiento, un emoji con un beso, algo escueto pero sincero quise entender, ambos mensajes enviados pasadas las dos de la madrugada, indicativo de que habían trasnochado.

Nadie me tocó la pantorrilla para llamar mi atención y nos miramos fijamente. Puso esa cara que ya me era familiar de tener necesidad de salir a la calle, parecía que empezamos a entendernos o tal vez era que al no estar el tío Cesar, se aproximaba a aquel que pudiera ayudarle a satisfacer sus necesidades, algo muy humano pensé para mis adentros, no fuera el caso que el perro fuera hipersensible a cualquier comentario en su contra.

Después de sacarlo a pasear y el resto de pormenores, dejé a Ami con Lidia, esta dijo que no abriría la consulta hasta el día dos de enero, lo que les daría tiempo para ponerse al día y

164

hacer algunas compras. Los tres nos deseamos una buena entrada de año. Ami se me abrazó al cuello como cuando lo hizo en la celda donde pasó la noche, recordándome ese abrazo que una niña le hace a su padre cuando quiere demostrar un gran apego o alegría o entusiasmo o porque se siente protegida. Lidia me besó en los labios, pero era uno de esos besos que se dan sin deseo, sin humedad, solo con cariño o como recuerdo de otros que si fueron intensos.

El taxista que esperaba en frente fue testigo de la escena, dijo que tenía una buena familia, respondí —si— sin dar más explicaciones, no sentía la necesidad de explicarle que no eran familia, al rato hizo una pregunta de esas que buscan afirmación—¿Es adoptada la chiquilla, no?— Mi yo del pasado le hubiera respondido una impertinencia, pero mi yo actual no se rendía a intentar ser cortés con todo el mundo. Respondí con un lacónico —si — confiando en que el taxista no quisiera profundizar más en el tema. Para cortar la situación le sugerí que pusiera las noticias en la radio, prefería escuchar los líos del mundo antes que continuar por ese camino.

Al llegar al aeropuerto había dado tiempo a ponerme al día de todas las guerras existentes, salvo lo que estaba ocurriendo en África de lo que casi nadie hablaba.

La terminal estaba concurrida como era de esperar por las fechas que eran, pero parecía que los vuelos salían con normalidad. El embarque se realizó en hora, aunque al final despegamos con un cuarto de hora de retraso, el comandante del avión le quitó importancia y comunicó amablemente que lo recuperaríamos durante el trayecto. La voz del comandante me trajo el recuerdo de Marco Aurelio. Nunca había pensado en su trabajo, en la responsabilidad que tenía de llevar a buen puerto a todo el pasaje, en definitiva o resumiendo, la importancia de lo que hacía, para mí sólo había sido siempre un marido ausente, nunca me había parado a reflexionar sobre lo que estaría haciendo mientras yo retozaba con su mujer, aunque en mi defensa o a modo de exculpación, era probable que cuando él dejara de volar, también estaría retozando a su manera. Se me antojaba que la ausencia podía ser tan determinante como la presencia. Cada una en su justa medida. En este momento que yo sobrevolaba ciudades a unos diez mil metros de altura y por tanto mis pies no tocaban el suelo, estaba ausente de las vidas de todos los que había dejado en tierra y también estaba ausente de todos los que me esperaban en París y de algún modo intentaba visualizar cual era el comportamiento o la actividad que realizaban o realizarían en función de esa ausencia de mi persona y si sus actos estarían condicionados a dicha ausencia o simplemente ni me tendrían en cuenta y sus vidas transcurrirían con toda normalidad sin sopesar en ningún momento mi ausencia. Tal vez los que me esperaban en París fueran los únicos que me tenía en su mente por el interés creado por ellos mismos, y era probable que en el momento de obtener lo que tanto precisaban, mi presencia tendría el mismo peso específico que mi ausencia, que sería lo mismo que "nada". Supuse que mi ausencia, a Hana o a quien esperaba lo que les llevaba se les estaría haciendo eterna en estos momentos y recordé ese texto de Romeo y Julieta referente a como se dilataban las horas *"al no poseer, lo que poseído, abrevia"*.

El paso del carromato de las bebidas me sacó de mis pensamientos. Bebí un agua y aproveché para hacer un barrido visual a mi alrededor. La mayoría eran parejas en apariencia enamoradas, familias enteras y algún grupo de jóvenes revoltosos que confiaban en hacer locuras en la ciudad del amor la última noche del año. "París nunca se acaba" decía Hemingway, pero eso sería para él y supongo que para la gran época de los pintores impresionistas, o para Picasso y su generación, pero para mí era un lugar de recuerdos nefastos. Mi primer año de escuela de cocina en París fue un desastre, no conseguí el diploma tan preciado y no acabé en prisión por la intervención de mi padre y sus contactos. En aquel entonces era un auténtico gilipollas, pero lo peor fue el accidente que acabó con la vida de Juliette Bernard, hubiera querido ser yo en aquel momento y en todos en los que el recuerdo me venía a la mente por más años que pasaran. Casi nadie me echó la culpa del accidente, porque el contrario se saltó un semáforo en rojo, aunque al dar positivo en drogas y alcohol lo complicó todo. La familia de Juliette no tenía suficiente con la culpabilidad del contrario, querían que me pudriera en la cárcel, porque nunca les había caído bien y decían que era una mala influencia para ella. Lo curioso era que fue ella la que me introdujo en el mundo de la marihuana. Supongo que el instinto paterno hace que no se vea que el propio hijo sea el corruptor o la mala influencia o el abusador o acosador, se tiende a pensar que son los demás, aunque en el fondo parece imposible que un padre o una madre no conozcan realmente como es su hijo. No he tenido hijos, pero si hermanos y sobrinos y a mi tío Cesar, sin ir más lejos. A lo largo de los años y la convivencia, acabas por conocer la personalidad de cada uno de ellos y difícilmente te pueden sorprender. Por este motivo se me hace más difícil entender que un padre o una madre, no sepa realmente como es su retoño, el cual ha visto crecer día tras día y ha tenido la ocasión de estudiar sus comportamientos en cada situación que se ha ido encontrado en el laborioso arte de crecer.   En cualquier caso no era necesario que la familia Bernard me echara la culpa de todo, yo mismo ya era consciente que nunca debía haber conducido aquel vehículo, aunque fuera el que estaba en mejores condiciones de los cinco que íbamos. Es algo que nunca me he perdonado y nunca lo haré.

Cuando tocamos tierra y se autorizó la conexión de aparatos electrónicos, puse en marcha el móvil nuevo que me habían facilitado. Después de conectar con la telefonía del país recibí un mensaje conforme me esperaba un conductor en el vestíbulo de llegadas.

En el vestíbulo un hombre de aspecto corpulento y con apariencia de ser originario de algún país del Oriente medio, sostenía un cartel con la abreviatura escrita que solía utilizar Pita Weiscome para nombrarme, "Bibi", No supe distinguir si era para darle un toque desenfadado al encuentro por parte de Hana o quizás fuera que querían preservar mi nombre y apellido en el anonimato o lejos de miradas curiosas. Me identifiqué, dijo llamarse Nassim, quiso coger mi pequeña mochila de viaje, pero le dije que no era necesario. Le seguí hasta donde tenía el vehículo aparcado, una zona VIP limitada y condujo hasta París sin apenas decir nada, salvo alguna pregunta interesándose por mi bienestar con respecto a la climatización, la música de la radio o las bebidas del pequeño mueble bar.

Al llegar a la Rue Gabrielle, una zona muy próxima al Sacré - Coeur, el chofer se introdujo en el parking de un edificio de pocas plantas. Después de dejar el vehículo, Nassim me acompañó a un ascensor privado y me dejó sólo, indicándome que pulsara el último botón. Al finalizar el trayecto que fue muy breve, el ascensor se abrió en lo que era una gran sala de estar. Me adentré despacio con la precaución lógica de no invadir un espacio privado y no pude evitar recrearme en la decoración y en el gusto por el detalle de toda la sala. Pensé que si era obra de Hana, era una gran interiorista y si había pagado para que se lo hicieran, había gastado mucho dinero. Sobre la chimenea, la cual aparentaba no haberse utilizado nunca, habían muchos retratos en estado risueño de Hana en compañía de un hombre que justamente apareció a mis espaldas y haciendo aspavientos de alegría por tenerme allí.

—¡Amigo mío!, permítame que me presente, soy Riad, Riad Fadel, ¡amigo chef!

Yo no me presenté, porque suponía que ya estaba al corriente de mi nombre y apellidos y de mis muchos motes que pudieran utilizar. Le pregunté señalando a él en la fotos con Hana, al tiempo que le decía que pensaba que el marido de ella, había muerto en Beirut. Él no le dio ninguna importancia a la pregunta. Dijo que así era, su marido había muerto en un atentado, pero ahora ellos eran pareja, no en matrimonio, pero había muchas cosas que les unía. Le pregunté si esperábamos a Hana para que le diera lo que le había traído, pero dijo que se lo tenía que entregar a él, a ella la vería por la noche en la ubicación que me llegaría la móvil.

—Verás Riad, no sé nada de esa llave y ese USB —me interrumpió diciendo que mejor que así fuera y preguntó si había intentado leer el USB. Le dije que ni se me había ocurrido y suponía que debería de estar encriptado. Aclarado eso, volví a repetir que no sabía nada, pero que estaba allí porque suponía que me lo había pedido Hana y en menor medida Pita Weiscome, pero no podían pretender que hiciera éste viaje para dárselo al primero que lo pidiera.

—Ella te lo pidió, porque se lo pedimos nosotros. Vimos la oportunidad y la aprovechamos. Hay muchos intereses en juego y tenemos que ser precavidos.

—¿Quiénes sois vosotros?

—Amigo chef, cuanto menos sepas, mejor para todos. Tu vida será más fácil, créeme. La curiosidad mató al gato.

—Si es algo ilegal, no quiero saber nada.

—No hay nada ilegal, pero tenemos que ser cautos en nuestra actividad, nuestra lucha viene de lejos y hay mucho más camino por recorrer. Sólo necesitamos tiempo y dinero, pero eso Hana, si lo considera te podrá explicar más.

Mientras me decía eso, tecleaba su teléfono haciendo una llamada y me lo pasó, para que respondiera. Fue fácil reconocer la voz de Hana, me dijo que sentía ponerme en esta situación, que le entregara lo que había traído a Riad y que teníamos una mesa reservada a las siete en el Norman Hôtel y que me habían reservado una habitación para una noche, pero que podía quedarme lo que quisiera.

Cuando colgó, entregue a Riad lo que tanto estaban esperando, acto seguido me acompañó hasta la salida que daba directamente a la calle, me ofreció los servicios de Nassim, pero le dije que prefería pasear un poco por la ciudad, hacía mucho tiempo que no estaba por aquí. Cuando nos despedimos me dijo que Hana era una gran mujer, pero que estaba dedicada a la causa. Las fotografías que había visto por la casa, en la que Riad y ella parecían tan felices eran puro atrezo, destinadas a desactivar cualquier tipo de acercamiento de las muchas visitas de las grandes familias libanesas que pasaban por aquella casa por muchas razones. Intuí que me estaba advirtiendo que no me encaprichara con ella, aunque por otro lado, al darme tantas explicaciones, daba la sensación de dejarme vía libre al respecto.

La reserva para cenar era en un restaurant de una estrella Michelin, pensé que el esfuerzo realizado podía valer un restaurante de tres estrellas, pero aunque sólo fuera una, necesitaba adecuar un poco mi vestuario para la ocasión, había viajado excesivamente de sport. Me acerqué a una tienda de prestigio en la Rue de Faubourg Saint-Honoré y me vestí para la ocasión, el dependiente quedó muy satisfecho con la venta. Al salir de allí decidí ir hacia el hotel, el mapa del móvil me indicaba que estaba a unos veinticinco minutos andando. A mitad de camino me encontré la Rue Paul Cézanne. Recordaba muy bien esa pequeña calle donde vivía Juliette Bernard, había ido unas cuantas veces, especialmente en ausencia de sus padres, los cuales siempre estaban en eventos de alto nivel o cultivando relaciones de interés. Juliette estudiaba cocina para incordiar a su padre, dado que en su nivel social, en aquel tiempo la profesión de cocinera no era lo más idóneo, él tenía mayores ambiciones para ella. Me acerqué hasta el portal, todo parecía estar igual, era como si el tiempo no hubiera pasado, incluso la fachada estaba mejor, parecía renovada, era lo que tenía el centro de París, siempre estaba cuidado. Tuve la idea de presentarme en su casa, convencido de que no habrían cambiado de domicilio, la gente pudiente no suele alejarse de los centros de poder, disculparme con los padres de Juliette si todavía vivían, pero al mismo tiempo que me daba argumentos para hacerlo, me iba diciendo que quizás no era tan buena idea y que algunas cosas eran mejor dejarlas como estaban. Al final pensé ¿qué puede salir mal? y la respuesta que me daba era que una infinidad de cosas podían salir mal. Aún con todo, no sé por qué me abalancé hacia el portal. Seguía habiendo conserje, pero era un pipiolo, no como el conserje de mi juventud, aquel no me hubiera dejado subir tan fácilmente. Le dije que iba a casa de los Bernard, me dijo que era en el segundo primera, algo que ya sabía sobradamente. Subí andando, como para darme tiempo para reflexionar o buscar las palabras adecuadas, al llegar me arrepentí de no haber cogido el ascensor, me faltaba el aire.

Al pulsar el timbre se interrumpió una música de violín que parecía proceder del interior, al no escuchar ningún movimiento, volví a pulsarlo por si no se había oído bien y una voz femenina gritó, un momento y alzó la voz de nuevo diciendo que ya abría. La puerta se abrió y tuve que bajar la mirada para ver la cara de la persona que iba en silla de ruedas. Era Juliette Bernard, nos quedamos en silencio un tiempo indefinido. Aunque la estaba viendo y apenas había cambiado, teniendo en cuenta el paso del tiempo, tuve que decir su nombre de forma interrogativa ¿Juliette?, ella también respondió de forma interrogativa con el nombre con el que me llamaba en aquella época ¿Jarret?, una palabra sacada de la traducción de "Codillo" que en Francia era "Jarret de Porc", ella empezó a llamarme así de manera cariñosa, cuando jugueteando se le ocurrió decir que tenía unos codos muy apetecibles. Era probable que a estas alturas ni siquiera recordara mi verdadero nombre.

Maniobró con su silla de ruedas y acabo de abrir la puerta, invitándome a pasar. La casa estaba algo cambiada con respecto a cómo la recordaba, las puertas eran más anchas y los muebles más bajos, pero la distribución de las salas seguía siendo la misma. Llegamos al amplio comedor que disponía de unos grandes ventanales que siempre me habían fascinado, aunque las vistas tan solo fueran del edificio de la acera de enfrente y su arboleda.

Me invitó a sentarme y nos quedamos mirándonos sin decir nada no sé cuánto tiempo, repitiendo la escena de nuestro encuentro en la puerta. Al final rompí el hielo.

—Me dijeron que habías muerto —dije mientras recorría cada centímetro de su cara, como si no fuera posible estar viéndola allí.

—Me dijeron que te fuiste del país sin preocuparte por mi situación —dijo Juliette.

Negué con la cabeza, al tiempo que le explicaba todos los problemas legales que tuve que solventar para salir adelante. Inicialmente no quise contarle lo difícil que me lo habían puesto sus padres.

—Estuve ocho meses en coma, y luego fue un largo proceso de adaptación hasta llegar a poder sentarme en esta silla. En esta casa no se volvió a hablar de ti.

—No sabía nada de eso, me lo ocultaron. Toda mi vida he estado pensando en ese día fatídico y siempre me ha perseguido el deseo de que me hubiera sucedido a mí. Me hubiera cambiado por ti mil veces o las que fueran necesarias. Hoy venía con la intención de decírselo a tus padres, aunque bien, bien, no sabía lo que les iba a decir.

—Mis padres han fallecido, mi madre murió hace diez años, tenía muchos achaques y mi padre fue una de las víctimas del COVID, era un negacionista de las vacunas, hasta que le pilló.

—Lo lamento por ambos, tu padre era un tipo con genio.

—Sí, no lo creerás, pero hace un par de años te estuve buscando por la redes, no te encontré en ninguna, sólo en una ocasión apareció tu nombre en un block que hablaba de una comida que se había ofrecido en la Delegación del Gobierno o en una entidad pública o un lugar así, pero luego no encontré nada más. Había algo en mi interior que me decía que no podías ser tan ruin. Éramos unos niñatos, pero tu tenías algo especial. De no haber sido por aquello, quizás hubieras acabado juntos regentado un tres estrellas Michelin en cualquier ciudad del mundo, eso sí, lejos del alcance de mi padre que te tenía atravesado.

—Si, esa hubiera podido ser una posibilidad, nunca se sabe a dónde nos llevaran nuestros actos y decisiones. Si te contara a dónde me han llevado las últimas mías, se te pondrían los pelos de punta, precisamente estoy en París por culpa de una de ellas. No estoy en las redes, no tengo Facebook, ni Instagram, ni TikTok, ni nada, sólo tengo servicio de mensajería, sobre todo para mi negocio y allegados. Veo que ahora tocas el violín.

—Si, cuando me recuperé y pensé que hacer con mi vida…cuando era niña ya había estudiado música y dadas las circunstancias, volví al violín. Ahora formo parte de un cuarteto, mi marido es el violonchelista. En cualquier caso tus decisiones te han traído hasta aquí y creo que es bueno que nos hayamos reencontrado. Te podrás quitar esa angustia que arrastrabas de mi fallecimiento y por mi parte no hay ningún rencor, tu no tuviste la culpa de nada, la juventud siempre es víctima de su tiempo.

—Tienes razón con respecto a lo que dices de las decisiones, me paso la vida intentando prever lo venidero para que no me coja desprevenido, intento no dejar nada en manos de la suerte o del azar, y si lo pienso fríamente, las mejores cosas de mi vida, han sido las inesperadas. Ahora estoy un poco trastocado, resulta que aquello en lo que me he convertido, ha sido condicionado por algo que no sucedió. Si, sucedió el accidente, pero no hubo perdidas, al margen de tu discapacidad… disculpa, por supuesto que es una gran pérdida tú movilidad, pero cuán diferente hubiera sido todo, si no nos hubieran mentido.

—Tal como lo dices, parece que te sepa mal que sigua viva —dijo Juliette soltando una carcajada muy particular, que me trajo el recuerdo de cuando nos divertíamos alocadamente.

En aquel momento se escuchó como abrían la puerta de la casa. Juliette dijo que sería su marido André, que no le contará

177

nada de las circunstancias del accidente, pues nunca le había contado los pormenores de la situación, y no quería que se generara en el interior de André el mismo sentimiento de odio hacia mí, como el que se había generado en su padre.

Juliette hizo las presentaciones. El tal André Fournier era espigado, pero de complexión frágil, tenía unas entradas de pelo prominentes y una gafas con muchas dioptrías que le daba un aire de intelectual. Pensé para mis adentros que tendría problemas para manejar su violonchelo y probablemente no le sería cómodo empujar la silla de Juliette cuando fuera necesario, siempre y cuando no tuviera una electrificada para otros menesteres. No puso mucho interés en saber la relación que me unía con Juliette, por lo que no tuvimos que disfrazar la verdad con nada. En cuanto pudo, llevó la conversación a su campo de actuación y estuvo hablando de la actividad del cuarteto, de los proyectos, de su última actuación, de las sinfonías, de Bach, Beethoven, etc. y un sinfín de cosas relacionadas con la música clásica que me quedaban un poco lejanas. Juliette intervino para decir que el día 1 de enero, hacían una matinal en una pequeña sala del barrio. Bromeando comenté si era como el concierto de año nuevo de Viena con el que nos machacaban todos los años por televisión, algo que no le hizo mucha gracia a André. Juliette me rogó que fuera sin excusa. Le dije que no sabía si ese día todavía estaría en París, pero que si podía, no me lo perdería.

Me disculpé diciendo que me esperaban para cenar, le dejé mi número de teléfono a Juliette, aunque advirtiéndola que podía ser provisional y que seguiríamos en contacto. Me despedí de André en el salón donde estábamos y Juliette insistió en acompañarme hasta la salida. André tuvo la suficiente sensibilidad para entender que su esposa quería tener un último momento de intimidad conmigo.

En la puerta, con la silla de ruedas casi salida al vestíbulo de la escalera, supuse que para que no se escucharan nuestra palabras en la casa, Juliette dijo haber sentido una alegría como hacía muchos años que no sentía, aunque en el primer momento al verme, si hubiera tenido un arma a mano, quizás la hubiera disparado. Y ahora también empezaba a cogerme un poco de manía, incluso a odiarme, debido a que había venido a desbaratar su paz mental, porque estaba escrito que no podría quitarme de su cabeza. En el brillo de sus ojos, los cuales amenazaban fuga de alguna lagrima, vi el destello de la joven Juliette, la que siempre me arrastraba a sus movidas más salvajes. Después me pidió que la besara, pero que no fuera un beso de amigos, algo al que no supe ni quise negarme.

De camino a la cena con Hana, empezó a nevar, pero eran unos copos de nieve llevaderos, confié en que llegaría a tiempo sin mojarme demasiado. Por el camino fui pensando en Monsieur Bernard, el muy hijo de su madre, había ocultado que su hija estaba viva, lo que me planteaba la duda, si mi padre estaba al

179

corriente, si lo habían engañado o simplemente había sido partícipe del engaño. Quizás las familias decidieron que cada uno cargara con lo suyo. Ellos con una hija que no sabían si se recuperaría y mi padre con un hijo que arrastraría toda su vida la culpa y la pena de ser el responsable de la presunta muerte de alguien a quien creía querer en aquel momento. Tal vez pensó que aquella tragedia me ayudaría a sentar la cabeza y que de una vez por todas ya no tendría que preocuparse por mí, aunque me parecía un escarmiento excesivo para un joven en la flor de la vida. Pero todo esto que ahora pensaba, no eran más que suposiciones, los que podían saber la verdad de las decisiones de aquel momento, ya no estaban en este mundo, así que no tenía más sentido pensar en ello.

Llegué al restaurante del hotel el cual estaba recién abierto, pregunté por la reserva de Hana Najm. La hostess, una mujer elegante, muy parisina aunque con un aire exótico, en cuya placa la cual lucía en el pecho decía llamarse Margot, me guardó la mochila de viaje y me acompañó a lo que sin ser un reservado, se vislumbraba una mesa donde se podía cenar con cierta discreción. Durante el breve trayecto que anduve detrás de ella, no pude evitar fijarme en que me sobrepasaba un palmo de altura, tenía un cuerpo escultural, y unas pantorrillas muy musculadas, tal vez por degeneración profesional, dado que era un trabajo de estar muchas horas de pie o quizás porque se machacaba en el gimnasio. Le agradecí las atenciones llamándola por su nombre "Margot", como si fuera un habitual del lugar, lo que le hizo cierta gracia. A veces se agradece que te consideren una persona en vez de un simple instrumento para llegar a aquello que precisas, ya sea un servicio, una adquisición, o cualquier otra cosa. Tomé asiento y el maître me ofreció tomar un aperitivo, pero dije que esperaría a mi acompañante. En aquel momento apareció Hana Najm acompañada por la hostess en la que no había dejado de pensar. Hana estaba deslumbrante, como la noche en la que nos conocimos cuando entró en la cocina de Pita Weiscome.

Me levanté para darle dos besos, pero ella alargó su mano para estrechar la mía, como si fuera la primera vez que nos veíamos o estuviéramos allí para alguna relación comercial. Pensé que quizás en París era muy conocida, o tal vez era habitual del restaurante y no disponía de la misma libertad de movimientos como cuando estuvimos en el Embassy, era probable que estuvieran al caso de su relación con Riad Fadel, aunque para ellos fuera ficticia, tal vez tenía que cuidar su imagen pública, a saber por qué motivo, no quise darle más importancia a la cuestión. Nos sentamos y antes de dirigirnos la palabra, ya teníamos al maître encima, preguntando si queríamos un aperitivo. Hana preguntó si nos podrían servir un "arak", el maître respondió que por supuesto y nos dio un poco de margen para empezar a hablar. Hana me dijo que estaba muy elegante, y que me percibía más feliz, o risueño o que tenía un halo distinto, como si algo en mi vida hubiera mejorado. Pensé por un momento, si sería coincidencia o era algo atribuible a sus orígenes, pues compartía con Pita Weiscome, esa habilidad de leer en los demás el estado de ánimo. Estuve tentado de contarle mi encuentro con Juliette y de qué manera me había quitado un peso de encima, pero obvié el tema y sólo respondí por el tema de mi vestimenta. Le dije que lo mío me había costado, y que si hubiera reservado mesa en un Bistró me lo podía haber ahorrado. Sonrió y pasó a contarme que el "arak" era un bebida típica del Líbano, a base de uva y anís, aunque habían muchas elaboraciones. Después paso directamente a agradecerme el servicio realizado, dijo que había contribuido a una gran causa, lo que me dio pie a preguntar por esa "gran causa".

—Verás, Bibi, quizás no estás muy al día de la historia de nuestro pueblo, pero llevamos siglos en disputa. Musulmanes, cristianos, judíos. Es un lugar conflictivo, por nosotros mismos y por nuestros vecinos. No habrás podido evitar ver las ultimas noticias de cómo está aquella zona, la franja de Gaza, Beirut, ahora Teherán y es probable que se expanda a los países árabes. Al final todo el mundo sale perdiendo. La guerra es un negocio que sale muy caro, pero el negocio de la paz aún sale más caro. Nosotros estamos en eso.

—Algo sí que sé de vuestros conflictos. ¿Estás tú con esas elites extractivas de las que tanto se habla? —realmente no sabía nada, pero había visto algún reportaje conforme las elites habían vaciado el país, y depreciado la moneda libanesa de una manera salvaje. Hana quedó algo sorprendida por la pregunta y probablemente porque estuviera al corriente de lo que había sucedido los últimos años en su país, no era habitual que el occidental medio estuviera al caso de lo que sucedía en aquella región.

—No, no estamos en esas élites. Justamente estamos luchando por recuperar la dignidad del país y acabar con toda esa corrupción. —respondió Hana, mostrando su enfado por la impertinencia de mi pregunta. Lo que hizo que por primera vez se borrara de su cara esa expresión de "savoir faire" que desde que la conocía no había abandonado.

Quise reconducir la conversación y mostrarme más solidario con sus intenciones, aunque no tenía ni idea de por dónde iban los tiros. Le dije la verdad de cual era mi cometido la Noche Buena en casa de Pita Weiscome al margen de cocinar. Me confesó que ya estaban al corriente. Pita Weiscome dijo de mí que era una persona fiel, dejando aparte los líos de cama, y que si había participado en aquella especie de espionaje era porque seguramente me habían presionado con alguna cosa y al margen de todo, como estaban avisados, aquella noche no sacarían nada en claro de Khalil, ni de nadie. Fue la propia Pita quien dijo que yo les haría el favor de llevarles a París la llave y la USB de las narices. En parte porque sabía que Pita estaba detrás de todo y eso me daba cierta tranquilidad y segundo porque siempre era víctima de mis hormonas. La vieja me tenía bien pillado. Comenté que tenía por delante un trabajo arduo teniendo en cuenta las múltiples facciones religiosas del país, las cuales tenía que ser muy complicado juntarlas por un bien común. Pero que yo no le iba a descubrir nada que ella no supiera. Me confesó que ella daría su vida por tener los ochenta años de paz que habíamos tenido en Europa.

El resto de la velada, transcurrió con algunos tira y afloja, pero sin que la sangre llegara al río. Tuve la ocasión de conocer un poco más el perfil de Hana, era una mujer dedicada a una causa. No hubo manera de saber qué podía abrir aquella llave y que contenía aquella USB, tampoco tenía un interés especial en saberlo, era más que nada una especie de interés morboso por saber en detalle para que me estaban utilizando, aunque siguiendo el consejo de todos, lo mejor era no saber. Puntualmente me tenía que concentrar para parecer un poco más idiota de lo habitual. El menú degustación que había reservado Hana, estuvo bien, pero apenas nos sorprendió, quiso estar generosa conmigo y dijo que había disfrutado más con mis platos de Noche Buena. Durante los postres me dijo que podía quedarme en el hotel las noches que quisiera. Cuando supiera cuando volver, sólo tenía que avisarlo en recepción, ellos me facilitarían el billete. Me preguntó si pasaría la Noche Vieja allí. Le dije que tenía un compromiso el día uno por la mañana y que con toda seguridad, volaría por la tarde, lo que le estaba indicando claramente que el día 31, el cual estaba a punto de llegar, lo tenía totalmente libre. La forma en que me describió toda la logística de mí estancia, daba pie a entender que difícilmente nos volveríamos a ver. Estaba claro que no tenía intención de invitarme a ningún evento la Noche Vieja y difícilmente iríamos a mi habitación después de la cena, lo que alejaba la posibilidad de repetir lo que sucedió en el Embassy. Por una parte me sentí decepcionado, pero en el fondo sentía como dejaba atrás uno de los problemas que se me habían ocasionado los últimos días, sin tener ni idea de cómo había sucedido. Poco a poco se iban deshaciendo los nudos que se habían formado sin saber muy bien el cómo y el por qué.

Cerca de la media noche, Hana dijo que tenía que regresar a casa, bromeé con el cuento de la Cenicienta. Habló con el maître, referente a la cuenta y se deshizo en elogios con respecto a los platos servidos y el servicio realizado, dijo que todo había estado exquisito y que felicitara al Chef, el maître le besó la mano, algo que me pareció absolutamente anacrónico, pero quizás cuadraba en aquel contexto, al dar la sensación de que les unía una larga y profunda amistad.

Ya en la calle, la esperaba Nassim, el conductor que me había recogido en el aeropuerto. Alargué mi mano para estrechársela a modo de despedida, dada la experiencia vivida en el encuentro. La estrechó, pero en ese mismo acto me dio un beso en la mejilla. Le dije que en muchos lugares de Francia, se daban hasta tres besos. Respondió que los otros dos, los esperara con ilusión, que no perdiera la esperanza. Respondí que estar esperanzado era mi estado natural. Siempre esperaba que todo mejorara y que todos fuéramos mejores. Ella dijo que la esperanza era lo que hacía que fuéramos lo que éramos. Sin esperanza no había nada. Subió al vehículo, Nassim cerró la puerta me saludó con una ligero movimiento de cabeza y los vi alejarse con la sensación de que tardaría en volverla a ver.

Al girarme me encontré con Margot, las hostess que al parecer había finalizado su jornada. —Me dio por preguntarle cómo iba la noche— y respondió que "en lucha con la mañana, mitad por mitad"— una frase atribuible a Lady Macbeth, no pude que por menos sonreír ante la presencia de otra erudita que le daba por citar a Shakespeare, lo que me trajo el recuerdo del tío Cesar. Tenía que llamar para ver si habían noticias de él.

Margot comentó que no podía acompañarme en el hotel, por un tema de incompatibilidades con los clientes, peligraría su empleo, pero que vivía cerca si estaba interesado. No tuvo que insistir demasiado, nadie me esperaba en ningún lugar. Esto último, era una frase que podía esconder una gran soledad, pero que en algunos casos tenía sus ventajas. Durante el camino me fue contando algunas de las extrañezas de los usuarios del restaurante, incluida Hana, por la que parecía tener una cierta simpatía o apego. Al margen de ella, despotricaba de la gente bienestante que frecuentaban el local, pero los peores eran los que no se podían permitir un menú como el que habíamos consumido y se endeudaban para poder decir que habían comido en el lugar. Intenté consolarla diciéndole que tenía una tarea muy difícil para contentar a los que difícilmente se contentaban con algo. Había escogido una profesión muy dedica a los demás y había que ser de una pasta especial para aguantar tanta tontería. Sin embargo siempre estaba a tiempo de cambiar de actividad, si realmente quería estar alejada de los sectores de influencia de la sociedad en la que le había tocado vivir. Le hablé de mi actividad, de lo que hacía y a qué sector había decidido dirigir mis esfuerzos y conocimientos, porque en el fondo eran los que te permitían mantener un ritmo de vida por encima del trabajador medio. Era el peaje que había que pagar para intentar ser libre económicamente y en consecuencia vivir al margen de tanta hipocresía.

Diciembre 31 00:20:00

Llegamos a un pequeño portal que dijo ser su casa, vivía en una buhardilla típica parisina en un edificio sin ascensor. Las horas que llevaba por el mundo, el encuentro con Juliette y la cena con Hana, había hecho mella en mí cuerpo. Los últimos escalones fueron un suplicio. Me dijo que me acomodara en el sofá, mientras ella se apeaba de sus tacones de doce centímetros, lo que hizo que estuviéramos a la misma altura por primera vez. Desde la estrecha ventana, la cual poseía un pequeño balcón, se vislumbraban los típicos tejados parisinos, un espació muy romántico pero más para su uso en primavera que en las circunstancias actuales de nevadas. Recordé el último día que nevó en casa y tuve una sensación de añoranza de las personas que esos días, por un motivo u otro habían intervenido o distorsionado mi placentera vida, como si fueran personas relevantes, cuando en muchos casos apenas habíamos coincidido una horas con ellas. Me sorprendí a mí mismo con esa reflexión y lo atribuí al cansancio acumulado o al encuentro inesperado con Juliette.   Margot apareció despojada de su ropa de trabajo y cubierta con una camiseta deportiva que dejaba sus muslos al aire, los cuales estaban en consonancia con sus pantorrillas musculadas. Me ofreció alguna bebida alcohólica pero preferí tomar algo caliente, al final optamos por el café. Estuvimos hablando más de dos horas sobre cuestiones de la restauración, resultó ser una experta en Shakespeare y en literatura rusa, le hable de mi tío

Cesar y su fijación por citar a Shakespeare, hablamos de mi obsesión por Dostoievski y "El idiota" y un sinfín de cosas de las que hacía mucho tiempo no había compartido con nadie. Al final Margot dijo claramente que nos acostáramos, ya era día 31 y tenía trabajo en el restaurante y luego un compromiso de fin de año.

Eran casi las 11 de la mañana cuando me desperté. Margot ya estaba vestida, elegantemente como cuando la conocí en el restaurante, volvía a medir doce centímetros más. Me dijo que me fuera cuando quisiera, pero sería bueno que me pasara por el hotel , para que supieran de mi existencia. Me habló de la fiesta de fin de año a la que pensaba asistir y si estaba interesado pasaría a buscarme cuando acabara en el restaurant. Confirmé que esperaría su llamada, no tenía nada previsto para recibir el nuevo año, nos dimos nuestros números de teléfono y dijo que había café en la encimera. Cuando me quedé sólo intenté recordar los últimos acontecimientos, pero solo tenía en la memoria los ojos cristalinos de Margot y poco más, lo que me daba mucha rabia no ser consciente de los últimos acontecimientos. Mientras abusaba de la hospitalidad de Margot, tomándome el café que había dejado preparado, le di un vistazo a la pequeña buhardilla, que con un giro de 360° se contemplaba todo de una vez, salvo el cuarto de baño. En una pequeña librería había una fotografía de Margot con Hana, en un estado muy sonriente, como suelen ser todas las fotografías que decidimos hacerlas públicas. Nadie expone fotografías de sus desgracias. Eso me dio pie a pensar que ambas tenían una relación más estrecha de lo que inicialmente podría parecer cuando Margot me empezó a hablar de ella como si tan sólo fuera una buena clienta.

Seguí los consejos de Margot y me presenté en el hotel, antes de subir a la habitación, siguiendo las instrucciones de Hana, solicité que me consiguieran un billete para el día uno por la tarde. Llamé a Ami, dijo estar bien y que seguían sin saber nada de Cesar, comentó que Jana Kovalenko la abogada, la había invitado a una fiesta de fin de año. Tenía claro que se había colado por ella. Lidia dijo que ya habían estado de compras para la ocasión, luego me deseó una buena entrada de año y dijo que me portara bien. Después llamé a Fran pero seguía sin contestar, seguidamente lo hice a Emmy, se extrañó de que hubiera cambiado de móvil, dijo estar a punto de no cogerlo, no le di explicaciones al respecto. Parecía preocupada, pero no era la primera vez que Fran desaparecía de esa manera. Le dije que estaba convencido que Francisco Javier se encontraba bien, pero que seguro que por algún motivo superior no podía contactar con ella.

Después de dar señales de vida en el hotel, solicitar mi billete de vuelta y asearme, salí a patear París como en mi juventud, no tenía nada mejor que hacer. Juliette Bernard me había enviado la invitación para su matinal del día 1 de enero, le respondí con el emoji del pulgar levantado, supuse que sería suficiente para asegurarle mi presencia. A continuación me acerqué de nuevo a la Rue de Faubourg Saint-Honoré, para comprarme alguna prenda para la fiesta de fin de año, seguro que el lugar a donde me llevaría Margot sería de alto nivel y ella estaría extremadamente elegante.

Volvía a nevar y la sensación de frío era mayor, lo que hizo que mis ganas de pasear desaparecieran, así que decidí volver al hotel y reservas mis fuerzas para la fiesta de fin de año. De camino al hotel me comí un kebab en un puesto de una de las múltiples ferias navideñas que instalaban para la época, algo que hacía años no probaba, agradecí la simplicidad del producto, después de la cena Michelín de la noche anterior y de estar comiendo sobras durante casi una semana de la cena de Noche Buena en casa de Pita Weiscome.

En la recepción, Margot me había dejado una nota que me recogería a la una de la madrugada, lo que dejaba claro que no me iba a comer las uvas con nadie. Ya en la habitación, me acomodé, me tumbé en la cama y me dediqué al deporte del zapping. El conflicto en Oriente Medio no se había desescalado lo más mínimo, por más que fueran fechas navideñas. La BBC, CNN, Aljazzera y el resto, todas ofrecían las mismas imágenes desesperanzadoras. Recordé la últimas palabras de Hana "Sin esperanza no hay nada". Pero mucha esperanza había que generar para soportar esa situación durante años o siglos. Tal sólo pedía ochenta años de paz, dijo

Hana, como el que pide cualquier cosa, me pareció un deseo de esos que se piden cuando entra el nuevo año, a sabiendas que no se van a cumplir. Recordé el año del accidente y los venideros, en los que me empeñaba en pedir que aquello no hubiera sucedido, o cuando me hacían soplar unas velas y me conminaban a que pidiera uno, siempre deseaba que hubiera sido yo el fallecido y no Juliette. Pero ni con el cambio de año, ni cumpliendo años, aquellos deseos no se cumplían nunca. Me hizo gracia pensar, que al estar ella viva, si en aquellas fechas que yo solicitaba morirme por ella, hubiera fallecido por cualquier otra causa, se hubieran cumplido mis deseos, dado que yo hubiera muerto y ella seguiría con vida. Me parecía un chiste del destino.

Enero 1 01:00:00

A la una de la madruga esperaba en la recepción del hotel, elegante como un pincel, que diría mi madre. No quería hacer esperar a Margot. En la puerta apareció Nassim, me hizo un gesto con la cabeza, dando a entender que le siguiera. En el vehículo esperaba Margot, vestida con un traje de noche impresionante, la raja de su falda, aunque hacía esfuerzos para mantenerla cubierta, dejaba ver su musculada pierna. Nos deseamos feliz año nuevo y nos dimos tres besos a la francesa. Le pregunté a dónde íbamos y me dijo que no fuera impaciente que ya lo vería.

—No me dijiste que eras amiga de Hana Najm —Le comenté haciendo alusión al retrato que había visto en su buhardilla.

—No es un secreto, tampoco salió en la conversación. Ella me pidió que cuidara de ti. Dice que eres muy fácil de convencer y no quería que te equivocaras, París es muy seductor.

—Si, París bien vale una misa.

—Como dijo Enrique IV—respondió Margot.

—Por cierto, ¿Eres totalmente parisina? —disculpa el atrevimiento.

—Mi padre era de Hazmieh, está cerca de Beirut.

193

—Aunque eres totalmente parisina, había algo en tu mirada que me lo decía. Me vuelvo a disculpar.

—No tienes por qué.

Nassim condujo hasta una mansión en las afueras de París, relativamente cerca del aeropuerto de Orly. Pasamos un pequeño control, en el que Nassim no tuvo ni que detener el vehículo, porque le identificaron al instante. Se detuvo en frente a una escalinata dónde nos abrieron las puertas y nos invitaron a pasar. Tras cruzar un gran vestíbulo llegamos a lo que parecía un gran invernadero donde se realizaba una fiesta de dimensiones descomunales. Era como estar a la intemperie, pero protegidos del frio y de la nieve. La música era en directo y todo el mundo parecía pasárselo bien. Me pareció reconocer algún famoso de la farándula francesa, incluso reconocí algún antiguo mandatario de la comunidad europea. Era obvio que allí estaba la "Crèm de la Crèm" de París y parte del mundo. Ya habíamos sobrepasado la hora de tomar las uvas, los besos y abrazos, solicitar los deseos de rigor y las promesas para incumplir, por lo que parecía que cada invitado iba a lo suyo.

De entre la multitud apareció Hana acompañada de su padre Khalil, ella más elegante que nunca, si cabía y él vestía un esmoquin que le daba más prestancia a su figura caballeresca. Margot dijo que iba a buscar una copa, una excusa como otra para dejarnos solos, mientras se marchaba recitando versos de la Julieta de Shakespeare —¡Buenas Noches! ¡la despedida es un dolor tan dulce, que estaría diciendo "Buenas Noches" hasta llegar el día!

Khalil me estrechó la mano y dijo "nuestro intrépido cocinero" Hana me dio dos besos en las mejillas, mientras me decía al oído —los dos que faltaban— le dije que no había perdido la esperanza. Sonreímos y me arrastró hasta la pista de baile, alejándonos de su padre, un ardid muy cinematográfico para poderme hablar con cierta intimidad.

—Estoy al corriente que Margot ha cuidado de ti. —me dijo Hana al oído.

—Si, aunque para serte sincero, no sé hasta cuánto cuidó de mí, la verdad es que estaba acabado.

—Te puedo asegurar que muy bien. Es de confianza y por cierto, te has de cuidar esos moratones.

—Parece ser que Margot no perdió detalle, debe de ser degeneración profesional, como sus piernas musculadas.

Hana volvió a agradecerme los servicios prestados y dijo estar al corriente de que me marchaba ese mismo día por la tarde, parecía que tenía un buen servicio de información, en definitiva era lógico que lo supiera, era de suponer que los gastos de hotel y vuelos los pagaba ella o la organización a la que perteneciera, si es que existía alguna organización. Me preguntó si más adelante, podría contar conmigo para algún servicio del estilo como el que les había prestado. A veces costaba encontrar a personas a las que nadie prestaba atención. Un —Don Nadie— le dije y pensé en el nombre del perro que trajo el tío Cesar, sonrió pero esa palabra no salió de su boca. Le dije que no me importaría verla tantas veces como quisiera, pero tenía algunas dudas en involucrarme en actividades que no controlaba sus orígenes ni su fin. No estaba habituado a ser utilizado, aunque en el fondo todos los estamos de alguna manera u otra, pero estimaba en demasía mi libertad de elección en muchos aspectos de mi vida y lo que me estaba pidiendo, quizás acabara con todo eso. En cualquier caso dejé la puerta abierta para la nueva situación en la que creyera que le podría ser de utilidad.

Al detenerse la música apareció Riad Fadel, con una amplia sonrisa y felicitándome el año nuevo. Le dijo a Hana que su padre la esperaba y se tenían que marchar, daba la sensación que les esperaban en otro lugar. Hana me dio un beso en los labios, con más cariño que pasión sin importarle la presencia de Riad, lo que acaba por confirmar que no tenían una relación sentimental aparente. Hana me dijo que Margot cuidaría de mí y me deseó un buen regreso a casa y que le diera un abrazo a Pita Weiscome si tenía ocasión de verla.

Margot tardo en aparecer. Parecía que se lo había pasado bien, aunque llevaba sus zapatos con tacón de doce centímetros en la mano, lo que era un signo que sus pies habían llegado al límite que puede permitirse un ser humano. Puso la mano que le quedaba libre sobre mi mejilla y volvió a hablar por boca de Julieta —¡Tan dulce reposo y sosiego alcance tu corazón, como el que alienta dentro de mi pecho— en aquel momento percibí que estaba algo achispada. En esta ocasión fui yo el que la dirigió hacía el vehículo. Nassim nos esperaba en la puerta. Durante el trayecto Margot se durmió, Nassim preguntó dónde nos dejaba, fue lo único que dijo durante todo el trayecto. Le dije que en casa de Margot.

Nassim nos dejó en el portal y se despidió con un "Bon voyage", con una entonación la cual daba a entender que se alegraba de perderme de vista, algo que me pareció chocante, dado que no habíamos tenido ocasión de conocernos, más allá de las obligaciones que le había generado tener que acompañarme a los lugares que había decidido Hana Najm. Acompañé a Margot hasta su buhardilla, muy a mi pesar de tener que volver a subir aquel sinfín de escaleras, pero me sentía obligado a acompañarla, no fuera que se quedara dormida a media ascensión. Tal como llegamos, se dejó caer en la cama, la abrigué con la colcha y regresé por donde había llegado. Antes de salir me quedé contemplado la fotografía en la que estaban Hana y Margot muy sonrientes, pensé que por más golpes que te de la vida siempre hay un instante de felicidad.

Ya en la calle, empezó a nevar con intensidad, no me preocupó demasiado porque el hotel estaba relativamente de cerca, pero pensé que de seguir nevando así, quizás por la tarde dificultaría la salida de vuelos.

Eran casi las cinco de la mañana cuando llegué al hotel. El recepcionista me deseo un feliz año nuevo y le pedí si podían despertarme a las once. A las doce tenía la actuación de Juliette y consideré que con una hora tenía suficiente tiempo para asearme y llegar hasta el lugar, había comprobado que la sala donde actuaban estaba próxima a su casa y no lejos del hotel.

Cuando sonó el teléfono de la habitación, abrí los ojos con el sentimiento de haber dormido las últimas horas intensamente, sin tiempo a pensar en nada, sin sueños ni pesadillas, ni reflexiones a las que estaba habituado. Era como si el cúmulo de situaciones vividas hubieran acabado con mi energía y me hubiera fundido cual aparato electrónico, sin pilas o corriente que lo alimentara, sin tener opción a nada más que desaparecer, no tan sólo de mis allegados, si no de mí mismo. Durante esas cinco o seis horas aproximadas había dejado de ser.

Me acicalé, me vestí e hice el check-out, obviamente no tuve que pagar nada. Me llevé la mochila, un poco más cargada que a la ida, con la intención de ir directamente al aeropuerto al finalizar la actuación de Juliette. La ciudad estaba cubierta de nieve, por fortuna las calzadas ya las habían despejado al tráfico. Llegué a la sala del concierto que apunto estaban de cerrar el acceso. Tenía un asiento privilegiado en primera fila, los vecinos de fila no les hizo mucha gracia que llegara en el último momento y creara cierta molestia quitándome el abrigo y acomodándome como pude, teniendo en cuenta que llevaba el equipaje encima.

Apagaron las luces y se encendieron las del escenario que no era más que una tarima que prácticamente dejaba a los músicos al mismo nivel que el público. Los cuatro integrantes entraron y saludaron. Juliette iba empujada por algún ayudante de escena, dado que André ya tenía suficiente con sujetar su violonchelo. Ella me buscó con la mirada y cuando ya me tuvo localizado, leí en sus labios que decía "Jarret" y sonrió. Vi como André estaba pendiente de sus movimientos y pareció no compartir su entusiasmo. Según el programa que nos entregaron a la entrada, había piezas de Shostakovich y de Mozart, pero tengo que reconocer que no estaba pendiente de lo que sonaba y sólo tenía los ojos clavados en la persona de Juliette, alguien a la creí muerta durante toda mi vida adulta y ahora tenía que recomponer su proceso evolutivo de estos últimos años, para hacerme a la idea de que aquella persona era la que yo recordaba desde la última vez que la vi. Curiosamente había mantenido el aspecto aniñado de cuando tenía dieciocho años. Me fijaba en su pelo rojizo, que no había perdido ni un ápice de brillo, en su tez pálida en la que ya no habían tantas pecas y en como cerraba los ojos al compás de algunas notas y como los abría y entonces el azul de su iris parecía inundarlo todo. La veía dominar el violín con energía, pero aunque sus piernas no se movían, el resto de gestos estaban exultantes de vida, y toda esa vida, se me había ocultado durante años. Volví a pensar en Monsieur Bernard y en mi padre, no quise disculparlos, pero en el caso de que ambos estuvieran confabulados, seguramente tomaron la decisión que en aquel momento era la más adecuada, aunque fuera errónea o equivocada. Seguro que su intención era proteger a sus hijos de la manera que en aquel momento creyeron conveniente. Si mi padre no fue engañado, me hubiera gustado que en algún momento de nuestra existencia hubiera confiado lo suficientemente en mí como para contarme la verdad.

Los aplausos interminables anunciaron el final de la actuación. El pequeño formato de la sala, permitía que el público se entremezclara con los músicos para compartir felicitaciones y experiencias. Juliette me presentó al resto del cuarteto, a André no hizo falta, pero nos estrechamos la mano amigablemente y le felicité por la actuación. Este dijo si les acompañaría a la comida que tenían prevista con el cuarteto y algunos amigos y seguidores. Pero Juliette se adelantó y dijo que iba a acompañarme al aeropuerto, que empezaran sin ella y le entregó su violín para que se hiciera cargo. André no dijo nada al respecto, sólo me deseó un buen viaje y que tuviera un próspero año nuevo, aunque intuí que era más un acto de educación, que un deseo verdadero.

Salí de la sala empujando la silla de Juliette, mientras ella se iba despidiendo y recogiendo felicitaciones de todos los que nos íbamos cruzando hasta llegar a la calle. Nos dirigimos hacía el parking de su casa, el cual estaba muy próximo a la sala del concierto. Allí disponía de un monovolumen adaptado, con el cual me demostró en segundos como se manejaba con él. En un momento estaba la silla de ruedas plegada y recogida y ella estaba a los mandos del vehículo. Me miró y me dijo que teníamos que hacer el amor. No iba a permitir que me marcharme sin más. Le pregunté si tenía sensibilidad "allí" mientras dirigía mi mirada hacia sus partes más íntimas, respondió que lo comprobara por mí mismo, sólo tendría que ayudarla abriéndole las piernas, dijo que la frase era poco elegante pero literalmente certera, mientras dejaba prácticamente en horizontal el respaldo de su asiento. Seguía siendo la Juliette que siempre sabía lo que quería.

Camino del aeropuerto estuvimos un buen rato en silencio, hasta que Juliette decidió hablar.

—Se conduce mejor después de hacer el amor.

—Llevaba una vida sin hacerlo en el interior de un vehículo. Después de lo que nos sucedió, no he vuelto a conducir, no me he renovado el carnet. Has tenido mucho valor en ponerte al volante de un trasto como éste.

—Era obligado, si quería tener un poco de libertad y no depender de los demás, tuve que superarlo. ¿Me contarás que haces en París?

—Mejor que no. Tú vives aquí y es mejor que no sepas nada. El mundo está más revuelto de lo que parece. La personas de a pie es mejor que nos concentremos en la pequeñas cosas cotidianas de nuestras pequeña vidas.

—Te veo muy filosófico.

—Ahora mismo estoy hecho un lío, todos mis principios, todo aquello en lo que se ha basado mi existencia, resulta que estaba inspirado en un hecho que nunca sucedió. Me imagino que debe de ser la misma sensación que sufren aquellos que abrazan una fe durante la mayor parte de su vida, y una mañana cualquiera descubren que su dios no existe.

Juliette se empeñó en acompañarme hasta la terminal de salida y esperar conmigo el vuelo de regreso. Nos pusimos al día de nuestras vidas. Casualmente ella también se había casado dos veces, aunque el segundo marido aún le duraba. Quedamos en estar en contacto y me preguntó si me gustaría que viniera a verme, le gustaría conocerme en mi entorno afirmó, ver cómo era mi vida un día cualquiera, le dije que en mi entorno había poco que ver y le pregunté si vendría con André y se encogió de hombros, lo que me trajo a la memoria a Fran y Mr. Smith, después le dije que si no podía ser, "Siempre nos quedaría Paris" parafraseando a Humphrey Bogart en la película Casablanca cuando se despide de Ingrid Bergman. Ella dijo con cierto tono de hastío, que para ella "siempre" tenía París. Pero le hice ver que la expresión no se refería a un tema geográfico, si no a una vivencia.

Cuando avisaron para el embarque, me pidió un último favor, quiso que la sostuviera en pie agarrada a mi cuello, dijo que podía aguantar así cinco minutos. El abrazo al cuello fue tan intenso que me recordó el que me dio Ami la noche que tuvo que dormir en comisaría. No sabría decir si aquel momento duró cinco minutos, pero a mí me pareció un instante, la fui sosteniendo hasta que quedó sentada de nuevo, nos dimos un último beso, sabedores que difícilmente se volvería a repetir.

La nieve no fue impedimento para que los vuelos salieran con normalidad, era el primer día del año y muchos de los pasajeros que regresaban a sus casas, eran los mismos con los que había coincidido a la ida, pero en el ambiente se respiraba un aire de resignación por no decir de tristeza, aunque los excesos de las celebraciones del fin de año también tendrían la culpa del bajón general. Era como si el año nuevo no hubiera traído aquello que se le había solicitado ingenuamente y las esperanzas hubieran crecido exponencialmente quedando a la espera de ser alcanzadas, o las parejas de enamorados se hubieran dado cuenta que no lo estaban tanto, o los que habían ido huyendo de su vida cotidiana, fueran conscientes que en pocas horas iban a volver a ella. Sin embargo yo, por alguna extraña razón me sentía eufórico. Había resuelto dos cuestiones dispares en París y no había perjudicado a nadie, dejando al margen al pobre André, aunque tampoco estaba al corriente de si él y Juliette tenían una relación abierta, algo que en ningún momento me había parado a pensar, al besarla de nuevo aquella tarde en el vestíbulo de su casa, fue como si diera continuidad a nuestra relación, sin importar los acontecimientos que hubiéramos vivido cada uno de nosotros durante esos largos años en los que no supimos nada el uno del otro.

Cuando el comandante informó que íbamos a tocar tierra, mi nivel de euforia había descendido considerablemente, pues empecé a pensar en todos los líos que había dejado pendientes tan sólo hacia un par de días aunque en aquel momento me pareció una eternidad. Me sorprendí a mí mismo pensando en esos líos, como si fueran algo propio, algo que me había buscado, cuando en realidad todo me había estallado en la manos, sin comerlo ni beberlo. Por fortuna el tema de París había quedado resuelto por lo que a mí se refería. La situación de Ami estaba en vías de solución, quedaba en el aire cómo reaccionarían sus explotadores en el momento que actuara la policía y faltaba concretar si el Capitán estaba en el tema y su cuñado el juez Garzosa haría lo que fuera para que saliera limpio de polvo y paja de la cuestión. La desaparición del tío Cesar dejaba en el aire todo el tema de la deuda y la reciente desaparición de Francisco Javier aportaba una nueva incógnita a la situación, aunque en buena lógica, esto último era algo que no debería preocuparme.

Ya en la terminal, habiendo actualizado la operadora de servicios telefónicos, recibí un mensaje que di por hecho procedía de Hana Najm "mantén este número activo, gracias" adjuntando el emoji de un beso. Para quitarle un poco de dramatismo a la situación le respondí con el emoji de los ojos mirando hacía arriba como un acto de resignación. Recordé que tenía que cambiar de aparato telefónico, pues el que había dejado en casa, no tenía garantías que siguiera monitorizado por Smith. Compré uno en el mismo aeropuerto, ya tenía trabajo de actualización para el día siguiente. El taxista me felicitó el año nuevo antes de preguntar a dónde íbamos, intuí que sería de los que le gustaba hablar. Le pedí que pusiera algo de música con la intención de que se diera por aludido que no tenía ningún interés en mantener una conversación. Al ser el primer día del año, un día festivo tan señalado era fácil encontrar programas musicales, casi todas las emisoras tenían puestas el piloto automático, nadie estaba en directo. Sonaba una canción de Harry Nilsson, banda sonora de la película Cowboy de medianoche.

Everybody's talking at me

Can't hear a Word they're saying

Only the echoes of my mind

I won't let you leave my love behind

No, I won't let you leave

I won't let you leave my love behind

Era una gran canción, siempre me había gustado, me sentía identificado cuando decía "*Todo el mundo me habla, yo no oigo una sola palabra de lo que dicen, sólo los ecos de mi mente*" y me hacía mucha gracia cuando decía "*Me voy al lugar en el que mi ropa encaja con el tiempo.*

El taxista me dejó frente a la consulta de Lidia, pasé a recoger a Ami. Lidia tardó en bajar de su apartamento, iba un poco ligera de ropa, intuí que la había cogido en un mal momento, quizás debía haber avisado desde el aeropuerto que estaba llegando. Me dijo que Ami no había vuelto desde que se fue para la fiesta de fin de año con Jana Kovalenko. Le dije que si se presentaba, que le dijera que ya estaba en casa. Me dijo que ya había sacado al perro para hacer sus necesidades, le agradecí los servicios prestados, nos felicitamos el año nuevo mutuamente y caminé hacía casa, esforzándome en pensar en positivo que Ami estaría en buenas manos y no tenía por qué sucederle nada.

Al entrar en casa, Nadie levantó la cabeza, pareció reconocerme pero no hizo ningún amago de venir a saludarme. Volvió a su posición inicial y no dio mayor importancia a que estuviera por allí. A pesar de su presencia, la casa se me antojaba vacía. Hacía unos días podía ser la situación habitual y la que apreciaba en cierta forma que así fuera, pero ahora por alguna extraña razón echaba de menos los soliloquios del tío Cesar y la presencia de la joven Ami. Tuve el recuerdo de la comida improvisada de Navidad, en la que pasamos una buena tarde, cuatro excluidos de la tradición familiar y un perro, los cuales habíamos convergido en un momento probablemente irrepetible de nuestras vidas.

Llamé con mi teléfono antiguo a Ami, para que reconociera la llamada pero no contestó, ni saltó el buzón de voz. Al rato me llegó un mensaje de voz.

Ahora no puedo hablar, estoy bien, llegaré tarde.

Le respondí que ya estaba en casa y que fuera con cuidado. Me gustó que Ami se fuera habituando a una vida alejada de corruptores. Aprovechando que tenía el teléfono antiguo en las manos, envié un mensaje a Smith preguntando por Cesar y por Fran, pero no hubo respuesta, era como si el tal Smith se hubiera esfumado. Puse una lavadora con toda la ropa que había utilizado en el viaje a París y me dedique a traspasar números de teléfono de manera manual al nuevo terminal que me había comprado en el aeropuerto. No quería volcar nada de manera remota, no fuera que me llevara todos los programas espías que me habían instalado.

Enero 2 01:45:00

Estaba a punto de acostarme cuando apareció Ami, envuelta en un abrigo muy elegante, le venía un poco holgado por lo que deduje que sería prestado. Cuando se desprendió de él, el vestido que la cubría era totalmente dorado, algo muy festivo, probablemente lo llevaba desde la noche de fin año. No enseñaba piernas, pero lucía un buen escote, era evidente que no llevaba debajo el sujetador tipo fitness que se había comprado, el escote no lo permitía. Le pregunté cómo le había ido con Jana Kovalenko, dijo que era una mujer encantadora y que se lo había pasado muy bien. Sentí un poco de envidia y un poco de preocupación, me sabría mal haber salvado a Ami del fuego para caer en las brasas. Aunque tal vez me precipitaba al preocuparme, pues Jana Kovalenko venía del entorno de Silvia Trasvelez y ella nunca me relacionaría con alguien que no fuera de fiar. Dije de irnos a la cama, era tarde y los días habían sido intensos, preguntó si podía hacerme compañía, levantando las palmas de las manos diciendo —sin tocar— Cuando me acosté ella entró en la habitación, en la penumbra se desprendió de su elegante vestido y pude apreciar que no llevaba ropa interior. Se cubrió con la sábana y me miró fijamente. Me preguntaba si me ponía a prueba o era tan ingenua de pensar que me podía permitir no desearla. Después soltó que había tenido su primera experiencia lésbica, algo que ya intuía, pero que me enfadó por el hecho de que la posición predominante de Jana Kovalenko sobre ella no debía utilizarse para satisfacer sus necesidades. Le dije que Jana quizás no debía haberse aprovechado de su vulnerabilidad. Pero respondió que no había sido Jana, que fuc con Lidia el primer día que la dejé con ella. Me dejó un poco traspuesto, pero me alegró saber que Jana era fiel a sus principios en cuanto a las relaciones abogado-cliente. Pensé que debería tener una charla con Lidia, o tal vez no, realmente ya no sabía que pensar. Quise preguntarle por la experiencia, pero pensé que no era el momento, si entraba en detalles quizás mi líbido no podría soportarlo. Me pidió que le hablara de París, de mis experiencias, de lo vivido, ¿si había resuelto alguna cosa? ¿Si había visto a Hana? ¿Cuántos polvos había echado? Le respondí que se estaba volviendo muy descarada, y jocosamente le dije que no se olvidara de que oficialmente era su jefe. Hablando de trabajo, dijo haber conocido a mucha gente en la fiesta de Jana, y que le habían hecho una propuesta para unos reportajes fotográficos, dijeron que era muy fotogénica. Obviamente ella ya sabía que era muy fotogénica, nadie iba a descubrir nada, sólo se trataba de coincidir con las personas adecuadas que la ayudaran en lo que parecía podría ser una carrera impresionante dentro de la moda o la publicidad o lo que fuera. Por un lado me alegraba que las cosas le empezaran a ir bien, pero era un síntoma de que pronto me quedaría sin ayudante, algo a lo que ya estaba habituado. Le dije a Ami que intentáramos dormir, mañana, si se daba el caso y teníamos tiempo, le explicaría cosas de París.

Por la mañana Ami volvía a vestir con ropa de mis "ex". Había preparado el desayuno y dijo tener una entrevista en una agencia en la que había quedado con Jana Kovalenko. En el móvil que había utilizado en París, tenía un mensaje de Joss, lo que acabó de confirmarme que Pita Weiscome estaba detrás de los temas concernientes con Khalil.

LA SEÑORA QUIERE HABLAR CON USTED, HOY SIN FALTA ANTES DE LAS 12:00.

JOSS

Probablemente nadie le había explicado que aquella línea telefónica era para cosas muy reservadas y había que evitar identificarse y por supuesto seguía escribiendo con mayúsculas Le di mi nuevo teléfono a Ami y quedamos en irnos informando de nuestra situación, no quería perderla de vista hasta tener todo el tema de sus explotadores resuelto. Cogí un taxi en la esquina y le di la dirección de Pita Weiscome. En la radio, aunque no habían finalizado las fiestas navideñas, mi locutor de cabecera se había reincorporado al trabajo, recordé la propuesta que me había hecho de colaborar en su programa, y confié en que siguiera olvidándose del tema.

Al apearme del taxi, el taxista me deseó un feliz año nuevo, le devolví el deseo y me hizo pensar hasta que día deberíamos desearnos un buen año y por qué no desearlo todos los días del año.

Superado el acceso a la casa, Joss me acompaño hasta la especie de invernadero dónde habíamos realizado la cena de Noche Buena. Estaba todo redecorado y esta vez si que hacía las veces de invernadero, pues lo habían repoblado de toda clase de planta tropicales. Pita Weiscome permanecía sentada en un gran butacón de mimbre con cojines acolchados y estaba tomando algún tipo de infusión. Al verme llegar exclamó, — ¡Ah, Bibi! ¡Mon grand chef!... siéntate a mi lado…"mon ami". Disculpa que no me levante, pero es que esta anciana está cada día peor. ¿Quieres una taza de té?

—No, gracias —respondí, tal vez como medida de autodefensa, dado que el aroma que desprendía aquella tetera no era muy apetecible.

—La verdad es que en esta infusión hay algo más que hojas de té, este cuerpo anciano necesita mucha ayuda de la química. Primero de todo agradecerte el servicio que nos has hecho, sé que eras consciente que yo estaba detrás de todo, pero me reconocerás que también tenías cierta ansiedad por volverte a encontrar con Hana.

—Lo de Hana es cierto, aunque de poco me ha servido —dije con resignación.

—¡Ya! Pero otras te han consolado ¿No?

—Veo que no perdéis detalle.

—¿Ves ese árbol de ahí afuera?...el grande

Afirmé con la cabeza y me dijo que era un cedro del Líbano.

—Mi marido no quería plantarlo, al principio ponía excusas superfluas, decía que acabaría creciendo demasiado y no permitiría que tuviéramos un buen jardín. Cuando se le agotó la paciencia, me dijo claramente que no lo quería allí, porque me recordaría constantemente a mi país y según él, mi país no tenía solución, era mejor que me olvidara de él y doy fe que lo intentó durante años, aceptando embajadas lo más alejadas posible de Oriente medio. Pero cómo renegar de nuestros orígenes. La gente pasa y los países perduran, al menos durante siglos. Mi marido ya no está y el cedro sigue creciendo. Todo esto te lo cuento…Bibi… para ponerte un poco en situación de las cosas que has vivido últimamente. Tú y yo, ahora mismo no deberíamos tener esta conversación. Hasta ahora nuestra relación había sido muy cordial y nuestras vidas iban en paralelo sin afectar una a la otra. Tú me ofrecías un buen servicio y yo te pagaba muy bien. Pero el azar a veces es caprichoso. Te dio por rescatar a una niñita en peligro, cual caballero andante y la trajiste a mi casa, donde coincidió con el Capitán, cosas del destino.

Probablemente a lo largo de todas las comidas y cenas que has preparado en mi casa, habrás visto un desfile de personajes y gente de poder que en otros ambientes no verías. Es probable que incluso consideres que yo soy una de esas personas tan influyentes en esta ciudad, pero hay algo que tienes que saber, todas esas personas que has conocido, incluso yo misma o el juez Garzosa por decir alguien más, no somos nada con respecto a las figuras poderosas que lo manejan todo, nosotros aunque te parezca que somos el top ten de los poderes, hay gente muy poderosa que está por encima de nosotros. Un día tendrías que ir a una de esos encuentros para darte cuenta de quien maneja el poder realmente. La celebración en la que estuviste el fin de año en París, está lejos de lo que te estoy contando, sí allí te pareció encontrar gente importante, no es nada con lo que te estoy diciendo, de hecho la gente de la que te estoy hablando no van a tantas fiestas, gobernar el mundo da mucho trabajo.

Pero volviendo a lo nuestro, tienes que saber que el Capitán es una persona imprescindible para nosotros. Su posición y conocimientos en los muelles es importante para la actividad que nos ocupa. Estamos en un momento de la historia en la que no podemos prescindir de nadie. Obviamente esa rama del negocio en la que se había implicado, lo dejará. Habrán algunas detenciones y se intentará que las chicas que estén siendo explotadas en contra de su voluntad sean reorientadas. Pero necesitamos que tu chica no testifique contra él, garantizamos su seguridad y por supuesto podrá seguir viviendo aquí sin problemas. Conociéndote se que no te gusta lo que te digo, a mi tampoco, pero es la necesidad que tenemos ahora.

—Pero según un conocido que tengo… la policía ya estaba con el caso.

—Si te refieres al marido de tu "ex" Francisco Javier, se le han encomendado otras funciones para que se olvide del caso, no tardará en volver, pero no seguirá con eso. Si os volvéis a juntar evita el tema, aunque creo que el que lo evitará será él.

—¿Y con respecto al tipo que me obligó con lo de las escuchas?

—Por ese no te preocupes, él ya ha hecho su función, ahora estará con otras cosas, para los funcionarios no es nada personal, no tienen criterio propio, hacen lo que les mandan.

—Pero ese tal Smith, tenía que ayudarme con lo de mi tío.

—Eso ha quedado en manos de la policía, desde que apareció muerto el tipo ese de las apuestas el tal Román Guillem, de momento no podemos hacer más.

Pita Weiscome me parecía sincera al contarme todo lo que me estaba contando, aún con todo me asaltaban un montón de preguntas, hablaba en plural como si fuera una organización o un grupo, pero no quedaba claro cual era el fin de sus actividades, aunque Hana me insinuara que trabajaban para la paz. Me parecía algo turbio o irreal, todo el mundo sabe, que hay grandes grupos de presión, bancos, fondos de inversión, familias históricas, etc., que siempre han manejado el cotarro como se dice vulgarmente y seguramente por más buenas relaciones que tuviera con Pita y gente de su entorno, nunca llegaría a codearme con ellos y acabar conociéndolos. Lo único que me quedaba claro, es que era mejor hacer como que no existieran, volver a mi vida de diario, pasar desapercibido sin más y aconsejar a Ami para que se olvidara del Capitán.

Pita Weiscome volvió a agradecerme el servicio realizado, dijo que seguiría contando conmigo para los servicios de catering, siempre que me siguiera interesando y que sabía por lo hablado con Hana Najm, que había dejado una puerta abierta a cualquier necesidad que les surgiera para su causa, en definitiva había mostrado mis cualidades como correo interno. Le confirme que así había sido, pero le sugerí que no fuera una solicitud inminente, necesitaba un tiempo de reflexión y descanso. Hablando de Hana, me preguntó si la quería, le dije que me gustaba y que la podría querer, sacó a relucir que en París tenía otro antiguo amor, —supuse que lo dijo por Juliette, lo que demostraba que su servicio de inteligencia era muy bueno— y añadió que además tenia una relación muy estrecha con Silvia Trasvelez y preguntó cómo se podía querer a tres mujeres a la vez. Le respondí que las podía querer a las tres de diferente manera, igual que el príncipe Myshkin "el idiota", podía amar a dos mujeres por diferentes razones.

Pita Weiscome sonrió y dijo que yo no tenía nada de idiota y que lo superaba porque en mi caso eran tres amantes. Sin embargo le rebatí que las tres tenían su propia vida y prácticamente no querían saber nada de mí, salvo ocasionalmente. Lo que hizo que volviera a sonreír. Para finalizar me deseó que no acabara en un sanatorio como el protagonista que le había mencionado.

EPÍLOGO

Había transcurrido un mes desde los últimos acontecimientos. En este periodo sucedió un poco de todo, la policía me informó que la muerte de Román Guillem, el que extorsionaba a mi tío Cesar, según la autopsia, fue de muerte natural, al parecer había sufrido un paro cardiaco. La orden de búsqueda de tío Cesar la suspendieron, aunque él seguía sin dar señales de vida, pero eso no me preocupaba mucho, porque era habitual, el día menos pensado me lo encontraría en las escalinatas de la puerta de entrada. La policía se llevó a Nadie, al parecer la familia del tal Román lo había reclamado, le había cogido un poco de cariño, pero en el fondo me quité un peso de encima. Las investigaciones en la casa de apuestas llevaron a su cierre por temas fiscales y otra irregularidades, por lo que la deuda de Cesar quedó en una especie de limbo, hasta que algún gestor o fiscalizador de la empresa diera con esa información. Ami todavía vivía en casa, pero pronto volaría por su cuenta, porque había conseguido un contrato publicitario importante, ya vestía con su propia ropa, navegando por internet, descubrió quién era Molly Malone, no fue necesario que se lo contara. En las noticias apareció el desmantelamiento de una organización dedicada a la prostitución ilegal, se vieron algunas detenciones y pude ver cómo se llevaban a trompicones al individuo de la brillantina en el pelo que tenía el vicio de apalizar a la gente, con respecto al Capitán no supe nada, por lo que entendí que se había librado, tal como tenían previsto los de arriba. El juez Garzosa aprovechó para jubilarse, tal vez por vergüenza ajena, su hermana Rita Garzosa, hasta la fecha no me ha llamado para que vaya a cocinar a su casa, supongo que su marido el Capitán le habrá contado algo de mí. Supe por boca de Emmy que Francisco Javier había aparecido, pero me pidió que no le preguntara nada, porque realmente ni ella misma sabía que había estado haciendo, yo no le dije nada y di por bueno que Fran estaría un tiempo tranquilo. Smith y su secuaz desaparecieron sin más, aunque siempre tenía la sensación que de alguna manera me seguían o me escuchaban, la verdad era que me habían generado una especie de manía persecutoria, confiaba que con el tiempo se me quitaría. Con Juliette ocasionalmente mantengo alguna charla a base de mensajes, incluso me llama cuando André no está cerca. Le gusta fantasear con lo que hubiera sido de nuestras vidas si nos hubieran dejado a nuestro libre albedrío. Le digo que la imaginación es como la esperanza, siempre se alimenta de buenos deseos. Insiste en venir a verme, supongo que antes o después sucederá.

En las noticias se hablaba de posibles treguas en la Franja de Gaza y de conversaciones a diferente nivel respecto a Cisjordania, el Líbano y toda la zona del conflicto. Quise pensar que Pita, Hana y su padre estaban trabajando por la paz. En el fondo esperaba que Hana me reclamara en París con cualquier excusa, aunque ya sabía que lo nuestro no tenía futuro.

Con Silvia Trasvelez sólo me he visto una vez desde las fiestas navideñas. Fue el primer día que Marco Aurelio volvía a volar, pero no me convocó para el habitual encuentro de cena y cama. Dijo que aquello debía finalizar, había hecho un nuevo pacto con su marido y habían quedado en eliminar lo que ellos llamaban —zona de exclusión o tierra de nadie— No quise preguntar el por qué o los motivos que la habían conducido a esa decisión y ella tampoco parecía dispuesta a dar muchas explicaciones. Nos despedimos como buenos amigos y le dije que siempre que me necesitara podía contar conmigo. Más tarde por boca de Jana Kovalenko, supe que la zona de exclusión seguía existiendo, el único condicionante era que yo no estuviera. Al parecer tanto Marco Aurelio como la propia Silvia Trasvelez temían que lo nuestro se convirtiera en algo formal.

Mis encuentros ocasionales con la policía me llevó a intimar con la agente Livia, la cual ya la habían ascendido a inspectora. Ami me decía que no era buena para mí, y quizás tuviera razón, pero yo le digo que cuando una puerta se cierra, otra se abre, así son las "relaciones de interés".